सत्य सिद्धान्त ज्योतिष

AF646768

देवज्ञ पंडित प्रभुलाल शर्मा

मोतीलाल बनारसीदास
दिल्ली वाराणसी पटना बंगलौर मद्रास

प्रथम संस्करण : दिल्ली, १९७४
पुनर्मुद्रण : दिल्ली, १९९५

© मोतीलाल बनारसीदास

भारतीय संस्कृति ग्रन्थमाला के प्रमुख प्रकाशक एवं पुस्तक-विक्रेता

बंगलो रोड, जवाहरनगर, दिल्ली ११० ००७
१२० रॉयपेट्टा हाई रोड, मैलापुर, मद्रास ६०० ००४
१६ सेन्ट मार्क्स रोड, बंगलौर ५६० ००१
अशोक राजपथ, पटना ८०० ००४
चौक, वाराणसी २२१ ००१

मूल्य : रु० ३८

नरेन्द्रप्रकाश जैन, मोतीलाल बनारसीदास, बंगलो रोड,
दिल्ली ११० ००७ द्वारा प्रकाशित तथा जैनेन्द्रप्रकाश जैन, श्री जैनेन्द्र प्रेस,
ए-४५ नारायणा, फेज़-१, नई दिल्ली ११० ०२८ द्वारा मुद्रित

विषयानु क्रमिणीका

विषय	पृष्टांक
मेरा उद्देश्य	१
ज्योतिष का ज्ञान	२
ग्रह व राशि तथा इनके नाम हैं	३
मेष लग्न की कुंडली	४
कुंडली उदाहरण सं २०३० बि० मार्गशीर्ष-अमावश्व	५
नक्षत्र २७ हैं क्रमानुसार इनके नाम यह हैं	६
राशि स्वामी ज्ञान- कोष्ठक	७
संख्या २ कोष्टक उन राशियों का जिनमें पहुंचकर ग्रह शुभ अथवा अशुभ फल करते है	८
मेरा प्रयोजन	११
संख्या ३ कोष्टक देशों का विभाजन राशियों द्वारा	१२
ग्रह संज्ञा मंद तथा शीघ्र गति	१४
ग्रह दृष्टि विचार तथा फल	१५
चित्र संख्या नं० ४ कोष्टक ग्रह दृष्टि	१५
ग्रह भ्रमण अनुसंधान	१७
ज्योतिष विद्या द्वारा वर्षा ज्ञान	१९
वर्षा उपयोगी सप्त नाडी चित्र संख्या ५	२०
वर्षा काल में तत्काल वर्षा होने के लक्षण	२०
सप्त नाड़ी चित्र संख्या ५ द्वारा वर्षा ज्ञान अन्य ग्रंथों से	२०
ग्रहों द्वारा वर्षा ज्ञान	२३
मंद गति और शीघ्र गति ग्रह ज्ञान	२३
अना बृष्टि सम्बंधी योग	२८
ग्रहों का आगे पीछे का ज्ञान चित्र संख्या ७	३०

विषय	पृष्ठांक
अना बृष्टि अथवा अति बृष्टि के कुछ उदाहरणार्थ ग्रह योग	३२
कुछ विशेष अशुभ घटनायें	३५
कुंडली भूकम्पादि तथा हाइड्रोजन बम विस्फोट	४१
कुंडली प्रथम तथा द्वितीय जर्मन महा युद्ध	४७
गेहूं अन्न में महर्घ समर्घ	४८
गोधूम महर्घ समहर्घ के कुछ उदाहरण	५७
गुड़ शर्करादि मीठे पदार्थों का महर्घ समहर्घ प्रकरण	६५
गुड़ शर्करादि में मंद गति व शीघ्र गति ग्रह	६६
गुड़ शर्करादि महर्घ समहर्ष के कुछ उदाहरण	६८
ग्रहों की अंशात्मिक दृष्टि का फल	१०९
अंशात्मिक दृष्टि के रूप	११०
अंशात्मिक दृष्टि का फल उदाहरण रूप में	१११
ग्रहों के प्रतियोग का फलित उदाहरण रूप में सन्मुख योग (मुकाविला)	११३
ग्रहों का साधारण अशुभ तथा महर्घता योग अन्योन्य राशि सम्बंध से	११५
ग्रहों द्वारा अशुभ घटनायें	११६
ज्योतिष सम्बन्धी खोज का सारांश सुक्षम रूप में	१३५

ॐ

श्री गणेशाय नमः

भूमिका

मैं शाण्डिल्य गोत्रिय ब्राह्मण कुल में मुजफ्फरनगर जन पद के एक लघु ग्राम हरड फ़तेहपुर म उत्पन्न हुआ मेरे पिता पंडित निहाल चन्द्र जी शास्त्री ने जो कि साधारणतया ज्योतिष का ज्ञान भी रखते थे मुझे बाल्यावस्था अर्थात पांचवे वर्ष ही में भूमि पर भस्मी बिछा-कर उंगलो से वर्ण माला हिन्दी के लेखन कार्य का अभ्यास करा दिया और होरा चक्र कंठस्थ कराया परिस्थिति बशात मैं बीस वर्ष की अवस्था में सवत् बिक्रमी १९७४ में गोधूम अन्न के व्यापार में पड़ गया भाद्र पद मास में कर्क राशि में शनि मंगल के मिलाप से ज्योतिषयों ने पुस्तकों के आधार पर अवर्षण तथा अन्नादि की मह-र्घता की भविष्य वाणी कर रक्खी थी परन्तु हुआ विपरीत सुन्दर वर्षा हुई अन्नादि में श्रेष्ट समहर्घता आई मुझे ज्योतिष की सत्यता में अगाध विश्वास था इसी कारण मेरे चित्त में यह समाया कि ज्यो-तिष विद्या की पुस्तकें अधूरे ज्ञान की हैं सही मार्ग की खोज करनी चाहिये इसी उद्देश से मैं अन्नादि के सट्टे फाटके में पड़ गया बिक्रमी सम्वत् १९९० में गुरु भौन के एक राशि में होने से फिर अवर्षण तथा महर्घता ज्योतिषयों ने लिखी थी परन्तु मैं इससे प्रथम ही यह खोज कर चुका था कि ग्रह किस प्रकार एक राशि में मिलाप करने पर कब श्रेष्ट फल तथा समहर्घता और किस प्रकार के मिलाप से अशुभ फल युद्धादि अवर्षण महर्घता करते हैं अस्तु मैंने पांच सहस्र विज्ञापन पत्रक छपवाकर समहर्घता कीं घोषणा कर दी और मेरा कथन सत्य निकला गोधूम का भाव चार रुपया मन से चलकर फाल्गुन में दो रुपया मन मुजफ्फरनगर मंडी में हो गया ज्योतिष पुस्तकों में यह लेख देखकर कि सूर्य के आगे के मार्ग में यदि भौम आ जाये तो वर्षा नही होती इस लेख से मेरे चित्त में यह संकल्प विकल्प उत्पन्न

हुआ कि जसे ग्रहों के संयोग से शुभाशुभ महर्घ समर्घ फल होते हैं तथा मगल सूर्य के आगे पीछे होने से (वर्षण, अवर्षण) शुभाशुभ फल घटित होते हैं दूसरे ग्रहों द्वारा भी ऐसा ही प्रभाव अवश्य पड़ता होगा अस्तु मैंने अन्नादि व्यापार में हानि लाभ उठाते हुये यह निष्कर्ष खोज निकाला कि ग्रहों के मिलाप में आगे पीछे ही का प्रभाव सब कुछ है जिसका विवर्ण मैंने अपनी लिखित पुस्तक में उदाहरण देकर प्रमाण सहित लेखनी बद्ध किया है ध्यान रहे कि प्रायः मंद गति ग्रह यदि शीघ्र गति ग्रह के आगे के मार्ग में होगा तो संसार में अशुभ फल महर्घता इत्यादि अशुभ अवर्षणादि होंगे और यदि शीघ्र-गामी ग्रह मंद गति ग्रह से आगे हो तो समर्घता शुभ फल श्रेष्ट वर्षा होती है। ग्रहों की संख्या का अधिक अथवा न्यून का कोई प्रभाव नहीं उदाहरणतया सम्बत् विक्रमी २०१८ माघ कृष्ण त्रियोदशी तदनुसार ३ फरवरी सन् १९६२ ईसवी में आठ ग्रहों के मकर राशि में समागम को बड़े-बड़े विद्वान ज्योतिषाचार्यों ने अतीव खोटा फल करने वाला अपने-अपने पञ्चांगों में तथा पत्रिकाओं में लिख दिया मैंने इन विद्वानों के विपरीत अपनी ग्रहों की खोज के आधार पर तीन समाचार पत्रों द्वारा घोषणा कर दी कि कुछ अशुभ फल नहीं होगा और ऐसा ही हुआ। मैं जानता था कि ग्रहों के समागम में प्रथम तो मंद गति ग्रह शीघ्र-गामी ग्रहों से पीछे के मार्ग में हैं द्वितीय भौम व शनि श्रेष्ट राशि मकर के हैं इस कारण कुछ भी अनिष्ट नहीं हुआ नैसर्गिक रूप इस समय के ज्योतिषाचार्य कुछ ग्रहों को अशुभ तथा कुछ को शुभ मानते हैं मैं ऐसा अपनी खोज द्वारा नहीं मानता इसका विवर्ण आपको प्रमाण सहित पुस्तक में मिलेगा कौन देश किस राशि के प्रभाव में है यह भी मैंने अनुसंधान के पश्चात लिखा है ग्रहों की दृष्टी में वर्ष ग्रंथों के अनुसार मानता हूं कौन ग्रह किस राशि में पहुंचकर श्रेष्ट शुभ फल कारक होता है और किस राशि में अशुभ फल देगा इसकी आवश्यकता भी है इसको पूरी खोज के पश्चात लिखा है।

ग्रह अपने स्वक्षेत्र उच्चादि में पहुंच कर जैसे शुभ होना चाहिये और श्रेष्ट फल कारक होता है स्थिति बशात भारी अशुभ फल भी करता है उदाहरणार्थ विक्रमी सम्वत् २००७ ई० में कुम्भ का गुरु मार्गी रूप से गमन करता हुआ स्वक्षेत्र मीन की ओर गमन करने से शुभ अवस्था में था परन्तु बक्री होने से इसका भ्रमण नीच राशि मकर की ओर हो गया। इस प्रकार बृहस्पति की दशा अतीव खोटी हो गई और गुरु की संज्ञा शुभ ग्रह न रहकर अशुभ ग्रह की हो गई इसी कारण कोरया देश में भयानक संग्राम छिड़ गया सप्तम सिंह राशि के अशुभ शनि ने गुरु की दशा और भी भयानक करदी कुम्भ राशि का प्रभाव चीन कोरया जापान इत्यादि देशों पर पड़ता है ऐसे ही विक्रमी सम्वत् २०२३ में कर्क का गुरु बक्री होने से अशुभ हो गया फल इस वर्ष अनावृष्टी अन्नादि में महर्घता से बड़ा कष्ट भोगना पड़ा पुस्तकों का यह लेख कि गुरु शुभ ग्रह है बक्री होने श्रेष्ट फल करता है कोरी कल्पना मात्र ही रह गया। ध्यान रहे सत्य यह है कि ग्रह स्थिती बशात ही शुभाशुभ होते हैं। मेरे परिक्षण में चन्द्रमा बुध व शुक्र सौर सिद्धान्त से ही शुद्ध भ्रमण तथा फलादेश करते हैं दृश्य गणित से इनका भ्रमण सही फल संसार में नहीं करता बुध के सौर सिद्धाँत से बक्री होने का प्रभाव सही होता है दृश्य गणित से प्रायः छः दिन प्रथम ही बुध ग्रह बक्री होता है। इसके प्रमाण मैंने बहुत दिये हैं बुध के बक्री होते ही देश में व्यापार में बड़ी उथल पुथल होती है वर्ष पत्र को मैंने पुरातन पद्धती ही से सही पाया बाण वृद्धि रसः क्षयंम यही सिद्धान्त मैं मानता हूं चन्द्रमा बुध शुक्र को छोड़ कर शेष सभी ग्रहों का गणित दृग्गणित से मुझे सही मिला मेरा परीक्षण संसार में घटना तथा महर्घ समहर्घ वृष्टी अनावृष्टि पर निर्भर हैं ग्रहव्याप्तम् मिदम सर्वम् त्रैलोक्यस चराचरम् ग्रह बिन घात भेद बिन चोरी बहुती नहीं तो थोरीं-थोरी यह प्रत्यक्ष प्रमाण है इसके सामने मैं बेध शाला द्वारा ग्रह निरीक्षण में त्रुटि अनुभव करता हूं मैं ग्रहों का संसार पर प्रभाव तथा गमन निरयन गणित से मानता हुं सायन पद्धती से अशुद्ध रहता है। बड़े परिश्रम के पश्चात अंक गणित से तथा थोड़ा ज्योतिष का

सहारा लेकर पदार्थों के ऊंचे नीचे मुल्य (भात्र) ज्ञात होने की सरल विधि भी लिखी है जिसके उदाहरण भी लिखे हैं मेरा उद्देश्य ज्योतिष का शुद्ध सही मार्ग प्रदर्शन करना है जिससे ज्योतिषयों की संसार में प्रतिष्टा व मान आदर हो।

वंश तथा जन्म स्थान परिचय भारत में बिक्रमी की अठारहवीं शताब्दी में फिरंगी की इस्ट इण्डिया कम्पनी का शासन था परन्तु इस समय के शाश्नाधज्ञों ने भारत वासियों पर बड़े-बड़े अत्याचार किये जिसके फल स्वरूप यहां भारतियों ने स्वाधीनता संग्राम छेड़ दिया इस समय से बहुत पहले अराजकता देश में फैली हुई थी इस काल में मेरी जन्म भूमि बहुत ही आकर्षक हिन्दी नाम से सुशोभित थी और समूछे ग्राम में मेरे वंशज शाण्डिल्य गोत्रिय ब्राह्मण निवास करते थे समीप ही एक ग्राम गोगामा नाम करके है जिसमें क्षत्रियों का निवास है इनमें से एक क्षत्री कुटम्ब ने मेरे वंशजों को ब्रह्म भोज का धोखा देकर अपने यहां बुलाकर सबको धोखे से मृत्यु लोक पहुंचा दिया और मेरी जन्म भूमि अधिकार कर लिया। मेरे ग्राम का नाम इस घटना के पश्चात हड़ हड़ फतेहपुर हुआ और अब हरड़ फतेहपुर नाम है मैंने अपनी वंश प्रणाली का पता लगाया तो नवीन जीवनी में इस प्रकार है कि पं. रामकर्ग जी इनके पुत्र पं. सौलाराम जी इनके नाम पर एक आम का बाग है जिसकी स्थापना इन्होंने ही की थी इनके पुत्र पं भजन दत्त जी तत्पुत्र पं. दसौंदीराम जी तस्यसुत पं मुख्यरामजी यह कृषी कार्य त्याग कर तीस वर्ष की आयु में विद्या ग्रहण करने गये। इनके सुत पं. निहाल चन्द्र जी शास्त्री हुये जिन्होंने दयानन्दानुयायों से कई बार शास्त्रार्थ किये इन्ही का पुत्र मैं प्रभु लाल नाम से विख्यात हूं हमारे पूर्वज ऋषियों ने त्याग तपस्या से हमको बहुत कुछ दिया है इसी लक्ष्य को लेकर मैंने भी यह पुस्तक अनुभव रूप में लिखी है मेरे हरीशंकर नाम का पुत्र और विद्यावती नाम की पुत्री है इन दोनों के यहां कई-कई संताने हैं।

ॐ

ॐ नमः शिवाय

(१) गौरी पुत्र मनायकै कर शंकर का ध्यान
सत्य सिद्धान्त ज्योतिष रचूं सरस्वती आधार

(२) यथा शिखा मयूराणाम् नागानाम् मणियो यथा
तद्वद्वेदाङ्ग शास्त्राणाम् ज्योतिषं मूर्द्धनि स्थितम्

मेरा उद्देश्य

मेरी ज्योतिष विषय की खोज विक्रमी सम्बत् १९८८ वि० से आरम्भ होती है। इसी अन्वेषण के आधार पर मैं यह पुस्तक सत्य सिद्धान्त ज्योतिष नाम की लिख रहा हूं। जिस विषय को मैंने फलित तथा गणित को बार २ अपनी खोज में पूर्ण रूप से शुद्ध पाया है उसी सिद्धान्त को इस पुस्तक में स्थान दिया है और आगे चलकर यह सिद्धान्त प्रमाण रूप में इस पुस्तक में दृष्टिगोचर होंगे। भारत में विद्या की कमी तथा विदेशियों के आक्रमण से हमारी पुस्तकें अधूरी रह गई इन अधूरी पुस्तकों के आधार पर फलित कैसे शुद्ध हो सकता है। उदाहरणतया बड़े २ विद्वान ज्योतिषियों ने अपने पंचांगों तथा पत्रिका इत्यादि में सम्वत २०१८ वि० माघ की अमावश पर आठ ग्रहों के मकर राशि में एकत्र होने पर संसार के नष्ट होने को भविष्य वाणी कर दी। कारण अधूरी पुस्तकों में

अधिक ग्रहों के एकत्र होने को ही नेष्ट फल करता लिखा है।

मैं चूंकि तब तक शुद्ध मर्म खोज चुका था इस लिये मैंने इन ज्योतिषाचार्यों को दो वर्ष प्रथम ही समाचार पत्रों द्वारा सूचित किया कि शुभ अथवा अशुभ फल ग्रहों की संख्या पर नहीं बल्कि ग्रहों के शुभाशुभ सम्बंध से होता है यहाँ इन ग्रहों का सम्बन्ध श्रेष्ट है। इसलिये अनिष्ट नहीं होगा और ऐसा ही हुआ। सम्वत् २०१९ कार्तिक में जबकि एक राशि में तीन ग्रह भी नहो थे चीन ने भारत पर आक्रमण कर भारत को भारी आघात पहुंचाया। मुझे आशा है मेरी इस शुद्ध खोज का सज्जन पुरुष सत्कार करेंगे और इन सत्य सिद्धान्तों को ग्रहण कर अपनी प्रतिष्ठा को तथा ज्योतिष विद्या की सत्यता को बढ़ावा देंगे।

ज्योतिष का ज्ञान

ज्योतिष विद्या हमारे शास्त्रों का नेत्र नाम का अंग है जैसे प्राणी नेत्रों से देखता है इसी प्रकार ज्योतिष विद्या से हम संसार का भविष्य देखते हैं। इस विद्या के अंग जिससे हम भविष्य का ज्ञान मालूम करते हैं ग्रह, राशि नक्षत्र, वार, तिथि, सम्वत्, मास इत्यादि पुज्य ऋषियों द्वारा रचित हैं।

प्राचीन भारतीय काल परिमाण	**अंग्रेजी काल परिमाण**
६० विपल = १ पल	६० प्रति सेकंड = १ सेकंड
६० पल = १ घड़ी	६० सेकड = १ मिनट
६० घडी = १ दिनरात	६० मिनट = १ घंटा
	२४ घंटे = १ दिनरात

२॥ पल की १ मिनट, २४ मिनट की १ घड़ी, २॥ घड़ी का १ घंटा।

ग्रह

भारत य मतानुसार ग्रह नौ हैं जिनके नाम इस प्रकार हैं।

(१) सूर्य रवि) (२) चन्द्र (३) मगल (भौम) (४) बुध (५) बृहस्पति (गुरु) (६) शुक्र (७) शनि (शनिश्चर) (८) राहु (९) केतू। तीन ग्रह अभी ज्ञात हुऐ हैं इनके नाम हैं।

(१) **वरुण** (यूरेनस) (हर्शल) (२) इन्द्र (नेपचून) (३) यम (प्लूटो)

पंजाब के एक विद्वान ज्योतिषाचार्य ने अपनी उर्दू की किताब चश्मे लग्न सारणी में लिखा है कि राहु पृथ्वी को और केतू इसकी छाया को कहते हैं। यह सदैव उल्टे, पश्चिम से पूर्व को सूर्य के विपरीत घूमते हैं मेरा भी यही मत है।

राशि

आकाश में जिस वृत्त में हमें सूर्य घूमता दीखता है इस वृत्त को अर्वाचीन ऋषियों द्वारा बारह भागों में बांटा गया है। इन बारह भागों को ही बारह राशि का नाम दिया गया है। चूँकि बृत्त में ३६० अंश (डिगरी) होते हैं इसलिये हर एक राशी ३० अंश की हो गई।

इनके नाम हैं

१ मेष २ बृष ३ मिथुन ४ कर्क ५ सिंह ६ कन्या

७ तुला ८ वृश्चिक ९ धन १० मकर ११ कुम्भ १२ मीन

प्रथम राशि (१) मेष का नाम इस वास्ते यह रक्खा कि आकाश के इस बारहवें भाग वृत्त के ३० अंशों में तारागण की स्थिति ने मेष (मेंढे) का रूप धारण कर लिया। दूसरी (२) राशि वृष में तारा-गण का समूह बृषभ (बैल) का आकार लिगे हुऐ है। इसी प्रकार सभी राशियों को नियत किया है। कुछ पंचांगों में इन राशियों की यह मूर्ती दी हुई होती है। पूरा संसार इन बारह राशियों में विभा-जित है। ज्योतिष में बहुत से स्थलों पर राशि का नाम न लिखकर केवल इनकी संख्या ही लिखी जाती है। अर्थात मेष राशि न लिखकर केवल इनकी संख्या ही लिखी जाती है अर्थात मेष राशी न लिखकर १ का अंक, वृष के स्थान पर २ का अंक, मिथुन के स्थान पर ३ इत्यादि लिखा जाता है। जैसे यदि किसी व्यक्ति का जन्म या वर्ष अथवा प्रश्नलग्न मेष आवे तो उसकी कुंडली में मेष आदि न लिखकर मेष का क्रमांक १ का अंक लिखकर पूरी कुंडली में एक दो तीन इत्यादि अंक ही लिखेंगे। उदाहरण मेष लग्न की कुंडली का नीचे दिया गया है।

मेषलग्न की कुंडली

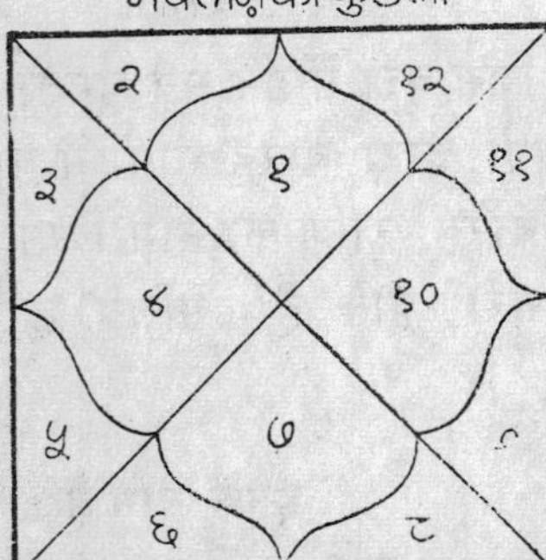

जो ग्रह इस समय जिस राशि में हो उस राशि के अंक को उस ग्रह की कुंडली में लिख दो इसका ज्ञान उस समय के पंचांग से ज्ञात करो।

कुंडली उदाहरण सं० २०३० बि० मार्गशीर्ष–अमावश

उदाहरणार्थ कुंडली
सं० 2030 बि० मार्ग शीर्ष अमावश

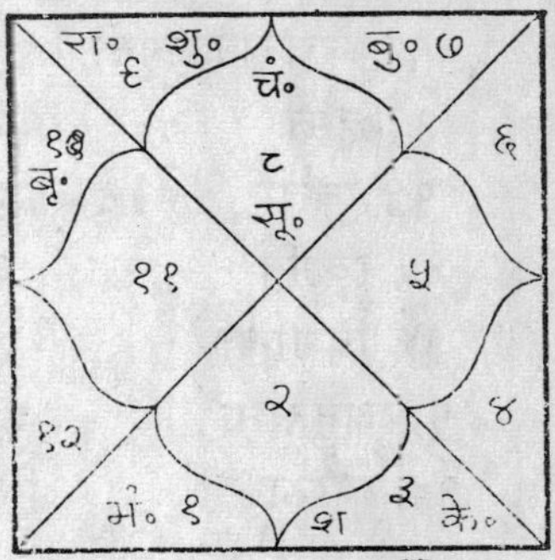

जैसे सूर्य बृश्चिक में इस दिन है और बृश्चिक राशी का अंक ८ है तो कुंडली में सूर्य को ८ के अंक में लिख दिया, चन्द्रमा भी आज बृश्चिक में है तो इसको भी ८ के अंक में लिख दिया। मंगल मेष में है इसको जहाँ १ का अंक है वहाँ लिख दिया इत्यादि। सभी ग्रहों को उनके अंक राशी में स्थापित कर दिया। पंचांग में कुंडली के पास ही इन ग्रहों का स्पष्ट लिखा रहता है। जैसे सूर्य के नीचे लिखा है ७। ६—४—४४ इसका अर्थ है कि सूर्य ७ राशी भोग कर आठवीं बृश्चिक राशि को ६ अंश ४ कला ४४ विकला पर स्थित है इसके नीचे लिखा है ६०/४३ इसका अर्थ है कि सूर्य एक रात दिन अथवा ६० घड़ी में ६० कला ४३ विकला की गति से चल रहा है।

एक वृत में ३६० अंश या १२ राशी होती हैं इस प्रकार एक राशी में ३० अंश १ अंश में ६० कला और १ कला में ६० विकला होती हैं।

नक्षत्र २७ हैं क्रमानुसार इनके नाम यह हैं

१ अश्विनी	१० मघा	१९ मूल
२ भरिणी	११ पुर्वाफाल्गुनी	२० पुर्वाषाढ़
३ कृत्तिका	१२ उत्तराफाल्गुनी	२१ उत्तराषाढ
४ रोहिणी	१३ हस्त	२२ श्रवण
५ मृगशिर	१४ चित्रा	२३ धनिष्टा
६ आर्द्रा	१५ स्वाति	२४ शतभिषा
७ पुनर्बसु	१६ बिशाखा	२५ पुर्वाभाद्रपद
८ पुष्य	१७ अनुराधा	२६ उत्तराभाद्रपद
९ अश्लेषा	१८ ज्येष्ठा	२७ रेवती

उत्तराषाढ़ एवं श्रवण के बीच एक छोटा नक्षत्र अभिजित नाम करके है इसकी आवश्कता भी कहीं २ होती है जैसे वर्षा के सप्तनाड़ी चक्र में जल नाड़ी में यह लिया गया है।

चूंकि यह २७ नक्षत्र भी इसी वृत्ताकार राशि मंडल के अंतंगत हैं जिसके कि ३६० अंश होते हैं इसलिये एक नक्षत्र १३ अंश २० कला का हुआ एक राशी जो कि ३० अंश की होती है वह सवा दो नक्षत्र की हुई एक नक्षत्र में ४ चरण (पाद) (हिस्से) होते हैं नक्षत्र का १ चरण ३ अंश २० कला का इस प्रकार एक राशी ९ चरण की होती है।

राशि स्वामी ज्ञान कोष्ठक

संख्या १

नाम ग्रह	सू०	चं०	मं०	बु०	बृ०	शु०	श०	रा०	के०
नाम राशि	सिंह	कर्क	मेष वृश्चिक	मिथुन कन्या	धन मीन	बृष तुला	मकर कुम्भ	मिथुन कन्या	धन मीन

जिस ग्रह के नीचे १ कोष्ठक संख्या में जिस राशि का नाम लिखा है उस राशि का ऊपर लिखा ग्रह इस राशि का स्वामी कहलाता है। जिस समय ग्रह अपनी राशि में किसी विकार के बिना भ्रमण करता है तो उस समय इस देश में जिस राशि के प्रभाव में यह प्रदेश है हर प्रकार के शुभफल शान्ति समहर्घ इत्यादि करता है और ऐसा ही जन्म लग्न, प्रश्न लग्न इत्यादि में करता है जैसे सूर्य ग्रह के नीचे सिंह राशि लिखी है तो इसका अर्थ हुआ कि सिंह राशि का सूर्य स्वामी है। जब किसी विकार के बिना सूर्य सिंह राशि में भ्रमण करेगा तो कशमीर पंजाब इत्यादि भारत का उत्तरी भाग जो की सिंह राशि के प्रभाव में है यहाँ शान्ति. राजाओं की बुद्धी श्रेष्ठ, उत्पादन श्रेष्ट होगा। यदि इस सूर्य में विकार आ जावे जैसे इसके आगे के मार्ग में मन्द गति ग्रह शनि जो कि सिंह राशी पर आने से अशुभ होता है अथवा गुरु जो कि सूर्य मे मंद गति है और यह भी सिंह का अशुभ ही होता है आजावे तो सूर्य की दशा अति अशुभ हो गई इसका फल विपरीत होगा। राज्याधिकारी पर सकट महर्घता अशान्ति अवर्षण अथवा जल प्लाव से भारी हानि होगी। सभी ग्रहों को इसी प्रकार शुभाशुभ फल करता जानना यही मेरा खोज अनु-

संधान है। यह कभी असत्य नहीं होता बड़ा सुगम यह मार्ग है आगे चलकर बताऊंगा कि कौन राशि किस ग्रह के लिये शुभ है और किस ग्रह के लिये अशुभ है यह शुभ अथवा अशुभ राशि मैंने किसी पुस्तक से नहीं ली बल्कि अपने विचार से इस प्रकार लो कि यह नियम प्राकृतिक है कि ग्रह जिस राशि में शुभ तथा बलवान होकर श्रेष्ट फल कारक होता है उस से सप्तम में निर्बली अशुभ फल कारक होता है जैसे सूर्य मेष राशि का उच्च का होने से बलवान श्रेष्ठ फल करता है इससे सप्तम राशि तुला का नीच का निर्बली अशुभ फल करता हो गया और मेष उच्च से हटा तो बृष का अशुभ होवेगा ही तुला नीच राशि से निकलेगा तो बृश्चिक राशि का श्रेष्ठ शुभ वैसे भी बृष अशभ से सप्तम बृश्चिक शुभ होगी। चूँकि सिह राशि सूर्य की स्वक्षेत्री होने से शुभ हुई इसलिये सप्तम राशि कुम्भ अशुभ निर्बली हुई चूंकि कर्क में पहुंच कर स्वक्षेत्र सूर्य सिंह में जावेगा इसलिये कर्क का सूय शुभ और सप्तम राशि मकर का अशुभ रहेगा मिथुन और इससे सप्तम राशि धन सामान्य रही चूँकि कुम्भ अशुभ से निकल कर मीन ऐसी राशि है जहां से सूर्य अपने उच्च मेष में जाकर बलवान होगा शुभ फल करता सिहासन स्वामी राजा जैसा होगा इसलिये मीन राशि सूर्य के लिये अति शुभ और सप्तम राशि कन्या अति अशभ हो गयी। सोचो सिह स्वक्षेत्र से निकलकर सूर्य को तुला नीच राशि में पहुँचने के लिये मार्ग में प्रथम कन्या राशि मिलेगी इस कारण सूर्य के लिये कन्या अति अशुभ राशि है इसी नियम से सभी ग्रहों की शुभाशुभ राशि मैंने निर्धारित की। विचार वह शक्ति है जिसके कारण मनुष्य ब्रह्म को प्राप्त कर लेता है।

—— —

संख्या २

कोष्टक उन राशियों का जिनमें पहुंच कर ग्रह शुभ अथवा अशुभ फल करते हैं।

नाम ग्रह	**सू०**	**चं०**	**मं०**	**बु०**	**बृ०**	**शु०**	**श०**	**रा०**	**के०**
नाम उन राशियों	मेष	मेष	मेष	मेष	कर्क	बृष	बृष	मिथुन	मेष
के जिनमें ऊपर	कर्क	बृष	सिंह	बृष	तुला	तुला	कन्या	कर्क	बृष
लिखा ग्रह पहुंच	सिंह	मिथुन	बृश्चिक	मिथुन	बृश्चिक	धन	तुला	कन्या	सिंह
कर शुभ फल	मीन	कर्क	धन	सिंह	धन	कुम्भ	धन	तुला	धन
करता है	वृश्चिक	कुम्भ	मकर	कन्या	कुम्भ	मीन	मकर	वृश्चिक	मकर
			मीन	मकर	मीन		कुम्भ	कुम्भ	मीन
नाम उन राशियों	बृष	सिंह	बृष	कर्क	मेष	मेष	मेष	मेष	मिथुन
के जिनमें ऊपर	कन्या	तुला	मिथुन	तुला	बृष	मिथुन	मिथुन	बृष	कर्क
लिखा ग्रह पहुँच	तुला	बृश्चिक	कर्क	बृश्चिक	मिथुन	सिंह	कर्क	सिंह	कन्या
कर अशुभ फल	मकर	धन	तुला	धन	सिंह	कन्या	सिंह	धन	तुला
करता है	कुम्भ	मकर	कुम्भ	कुम्भ	कन्या	बृश्चिक	बृश्चिक	मकर	बृश्चिक
				मीन	मकर		मीन	मीन	कुम्भ

नाम ग्रह	सू०	चं०	मं०	बु०	बृ०	शु०	श०	रा०	के०
ऊपर लिखे ग्रह की उच्च राशी	मेष	बृष	मकर	कन्या	कर्क	मीन	तुला	मिथुन	धनु
ऊपर लिखे ग्रह की नीच राशी	तुला	बृश्चिक	कर्क	मीन	मकर	कन्या	मेष	धनु	मिथुन
ऊपर लिखे ग्रह की अति शुभ राशी	मीन	मिथुन	धन		कुम्भ		कन्या	कर्क	मकर
ऊपर लिखे ग्रह की अति शुभ राशी	कन्या	धन	मिथुन		सिंह		मीन	मकर	कर्क
ऊपर लिखे ग्रह की सामान्य राशी	मिथुन धन	कन्या मीन	कन्या		मिथुन	कर्क मकर	मिथुन		

मेरा प्रयोजन

मेरा प्रयोजन इस पुस्तक को लिखने का यह है कि ज्योतिष विद्या के आधार पर ससार की शुभाशुभ घटनाओं बृष्टि अनाबृष्टी महर्घ समर्घादि का पता समय से प्रथम ही ज्ञात हो ज वे तथा यह घटना किस देश में होगी इसके लिये यह आवश्यक है कि हमें यह ज्ञात हो कि जिस राशि में बिराजकर ग्रह घटना कारक बने हैं इस राशि का प्रभाव किस प्रदेश में होता है मनुष्यों की तरह देशों की कोई राशि नाम के अक्षर के कारण नहीं होती प्रमाण नगर प्रदेशों के नाम राज्यों जातियों की अदला बदली के कारण बदलते रहते हैं जैसे अपना देश कभी आर्यावर्त कभी हिन्दुस्तान कभी भारतवर्ष कभी इंडिया नाम से कहलाया इसी लिये मैंने खोज के पश्चात राशि आधीन प्रदेशों का निर्णय किया देखो कोष्टक नम्बर ३ मेरी खोज पुरातन अथवा नवीन पुस्तकों के आधार पर नहीं है मैं जानता हूं कि पुस्तकें कारण बशात अधूरी हैं मेरी खोज का आधार संसार का घटना चक्र भूडोल युद्धादि तथा अन्नादि वस्तुओं का क्रयः बिक्रयः सट्टा फाटका जिसमें कि पुरानी अधूरी पुस्तकों के आधार पर महर्घ समर्घ लिखने वाले यह पंचांगादि लेखक विद्वान दैवज्ञो के आधार पर खोज से प्रथम मेरा बहुत धन नष्ट हुआ परन्तु ज्योतिष विद्या में मेरी आस्था ने मुझे धन तथा परिश्रम के पश्चात सही मार्ग पर लाकर खड़ा कर दिया अपने पुज्य उपकारी महा ऋषियों के लक्ष के अनुसार मैं भी अपनी खोज देश बासियों तक अपना नैतिक धर्म समझकर पहुँचना कर्त्तब्य समझता हूं

— — —

संख्या ३

कोष्ठक देशों का विभाजन राशियों द्वारा

नाम राशि	उन देशों के नाम जिन पर प्रथम लिखित राशि पर ग्रह स्थिति का प्रभाव होता हैं।
मेष	भारत व इंग्लैंड तथा जर्मन
वृष	भारत के पूर्वी पश्चिमी घाट समुद्री किनारे महाराष्ट्र, कर्नाटक।
मिथुते	इंग्लैंड व जर्मन तथा फ्रांस, आयरलैंड।
कर्क	रूस व भारत में राजस्थान, गुजरात, सिंध,कच्छ काठियावाड़।
सिंह	तिब्बत से लेकर काबुल तक कश्मीर इत्यादि भारत का उत्तरीं भाग।
कन्या	भारत, अफ्रीका, चीन, कनाडा, अरब देश, इजरायल, तुर्की।
तुला	अमेरीका, भारत के तीर्थ स्थान काशी, गया, रामेश्वर, अयोध्या, हरिद्वार, जगन्नाथ आदि।
वृश्चिक	दक्षिण हैदराबाद, मद्रास, पांडेचेरी, मिस्र, ईरान, अरब देश, लङ्का, राजस्थान, इजरायल, टर्की।
धन	भारत में ग्वालियर, इंदौर, हैदराबाद, महाराष्ट्र, अफ्रीका।
मकर	बिहार, उड़ीसा, बंगाल, ब्रह्मा।
कुम्भ	बंगाल से लेकर जापान. चीन कोरिया इत्यादि।
मीन	फ्रांस व भारत में कोंकण।

संख्या नं० ३ के चित्र का अर्थ इस प्रकार है कि मेष राशि के सामने जो भारत व इंगलैंड तथा जर्मन देशों का नाम लिखा है बस जब २ भी मेष राशि पर कोई अशुभ ग्रह आयेगा तभी भारत व इंगलैंड तथा जर्मन आदि देश में अशुभ घटनायें अशतोश होगा उदाहरणार्थ २५ जून सन् १९५० ई० को कुम्भ राशि का गुरू मार्गी चलता हुआ जो कि इसकी शुभ राशि है कोष्टक संख्या नं० २ से बक्री हुआ इस प्रकार गुरू बिक्रित हो गया इससे सप्तम प्रति योग करता हुआ सिंह का अशुभ शनी है देखो संख्या नं० २ कुम्भ का प्रभाव देखो संख्या नं० ३ कोरया पर है इसी कारण कोरया में भयानक विनाश कारी युद्ध छिड़ गया शनि मंद गति ग्रह जो गुरू को बलवान प्रत्यक्ष शत्रु दृष्टि से देख रहा है युद्ध छेड़ दिया और बिहार अधिक वर्षा से क्षति ग्रस्त हुआ आसाम व पूर्वी बंगाल में भूडोल के भारी झटकों ने १५ अगस्त सनृ १९५० ई० हफ्तो तक करोड़ो रुपये की सम्पत्ती नष्ट कर डाली इसी प्रकार अन्य राशियों को जानो ।

नैसर्गिक रूप से कोई ग्रह शुभ अथवा अशुभ नहीं है यह इन ज्योतिषाचार्यों को अधूरी पुस्तकों के आधार पर भ्रम है गुरू को शुभ ग्रह इसके मंद गति भ्रमण के कारण संसार में शुभ फल करता मान लिया और शनी को अशुभ ग्रह कहकर बक्री होने पर अशुभ फल करता मान लिया देखो ऊपर गुरु बक्री का उदाहरण कोरया युद्ध और शनि देव सन् १९७३ ई० अक्टूबर मास में बक्री मंद गति से केतू के पीछे चलकर श्रेष्ट फल करता हुआ शनि के मिथुन राशि में ११ अंश और केतू इससे आगे के मार्ग में ८ अंश मिथुन में है और मिथुन राशि का सम्बन्ध आयलैंड से है फल इस शुभता का यह हुआ कि आयलैंड के दोनों हिस्सों में जो बहुत समय में संघर्ष चल रहा था

समाप्त होकर समझौता हो गया मेरी खोज यही है कि ग्रहों के एकत्र होने से शुभाशुभ फल नहीं होते बल्कि शुभाशुभ फल निर्भर करता है ग्रहों की स्थिति पर मेरी खोज में यदि शीघ्र गामी ग्रह मंद गती ग्रह से आगे हो तो श्रेष्ट फल करता है शान्ती इत्यादि श्रेष्ट फल होते हैं।

ग्रह संज्ञा मंद गति तथा शीघ्र गति

सभी ग्रहों में मंद गति ग्रह प्लूटो है इससे शीघ्रगामी इन्द्र व वरुण हैं। इन ग्रहों से शीघ्रगामी ग्रह शनि हैं शनि से शीघ्रगामी ग्रह राहु केतू हैं इनसे शीघ्रगामी गुरु देव हैं। गुरु ग्रह से शीघ्रगामी ग्रह मंगल और मंगल से शीघ्रगामी ग्रह सूर्य हैं सूर्य से शीघ्रगामी ग्रह बुध, इससे शीघ्रगामी ग्रह शुक्र हैं। सभी ग्रहों से शीघ्र चन्द्रमा है। इसका फल यदि शिघ्रगामी ग्रह मंद गति ग्रह के पीछे के मार्ग में गमन करें तो संसार में अशुभ घटनायें अशान्ति महर्घता अवर्षणा इत्यादि हानि होती हैं। जितनी ग्रहों की आपस में दूरी कम होगी उतना ही फल भी अधिक होगा बजाय एक राशि में होने के यदि नक्षत्र भी एक ही हो जावे तो फल और बलवान होगा यदि आगे चलता हुआ मन्दगति ग्रह श्रेष्ठ राशि उच्चादि का हो और शीघ्र-गामी ग्रह पीछे गमन करता साधारण राशि का हो तो विशेष अनिष्ट फल नहीं होगा यदि आपने इसे समझ लिया तो आप आगे का भविष्य सुन्दर रूप से कर सकेंगे जो कि सही होगा और आपको तथा ज्यो-तिष विद्या को श्रेय प्राप्त होगा कुछ और सिद्धान्त आगे चल कर लिखूँगा। मेरे खोज किये सिद्धान्त सरल है। पुस्तकों की गठरी तथा निर्मूल झूठे श्लोक रटने की आवश्यकता नहीं प्रत्यक्ष प्रमाण से बढ़कर श्लोकी प्रमाण का कोई मूल्य नहीं।

ग्रह दृष्टि विचार तथा फल

जन्म कुंडली हो या वर्ष कुंडली अथवा प्रश्न कूंडली हो जैसे इसमें स्थिति ग्रहों का महत्व है ऐसे ही इन ग्रहों में एक दूसरे ग्रह पर दृष्टि का भी बड़ा प्रभाव है ज्योतिष शास्त्र में जन्म कुंडली में वर्ष लग्न में अलग २ दो प्रकार की दृष्टि का लेख मिलता है। मैं संसार के शुभाशुभ फल के लिये वर्ष दृष्टि को महत्व देता हुं। यह दो प्रकार की होती है मित्र व शत्रु दृष्टि यह दोनों भी पृथक २ दो-दो प्रकार की होती है। प्रत्यक्ष मित्र दृष्टि परोक्ष मित्र दृष्टि ऐसे ही प्रत्यक्ष शत्रु दृष्टि तथा परोक्ष शत्रु दृष्टि इनमें पूर्ण फल मित्र वा शत्रु दृष्टि प्रत्यक्ष का ही बलवान देखने में आया है।

चित्र संख्या नं०४ कोष्ठक ग्रह दृष्टि

नाम दृष्टि	प्रत्यक्ष शुभ मित्र दृष्टि	परोक्ष शुभ मित्र दृष्टि	प्रत्यक्ष अशुभ शत्रु दृष्टि	परोक्ष अशुभ शत्रु दृष्टि
स्थान	५—९	३—११	१—७	४ १०

दृष्टी उदाहरणार्थ कुंडली

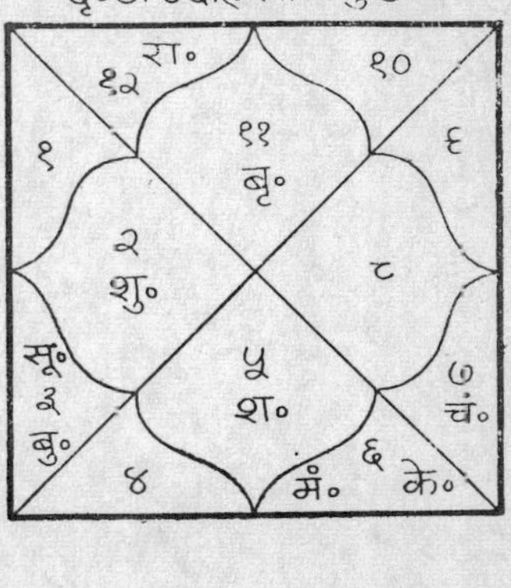

ऊपर लिखित कुंडली २५ जून सन् १९५० ई० की है। इस कुंडली में लग्न कुम्भ में गुरु है कुम्भ का होने से बलवान शुभ था परन्तु २५ जून सन् १९५० ई० में बक्री हो गया और इसका गमन अतिशुभ राशि कुम्भ से हटकर अपनी नीच राशि मकर की तरफ हो गया इस प्रकार गुरू अति अशुभ हो गया। इस राशि में सप्तम राशि सिंह में शनि मंद गति अशुभ राशि का बैठा है यह अपने स्थान सिंह से सातवें स्थान कुम्भ के गुरू को प्रत्यक्ष अशुभ दृष्टि से देख रहा है। देखो चित्र संख्या दृष्टि कोष्ठक ४ फल कोरिया में भयानक युद्ध छिड़ गया इस कुंडली में बृहस्पति से पांचवें स्थान में मिथुन में सूर्य बुध हैं, और नवें स्थान तुला राशि के चन्द्रमा पर प्रत्यक्ष सुन्दर बलवान दृष्टि कहलायेगी। देखो चित्र नं० कोष्ठक ४ इस चित्र नं० ४ के अनुसार दृष्टि जानो।

ग्रह भ्रमण अनुसधान

भारतीय ज्योतिर्षी निरयन पद्धति को श्रेय देते हैं मेरी खोज में भी निरयन ग्रह हा से फलादेश सही उतरता है सायन से नहीं।

बुध ग्रह का भ्रमण सौर सिद्धान्त से सही रहता है इसके उदाहरण आगे प्रमाण सहित मैंने लिखे हैं बुध ग्रह का बक्री मार्गी भ्रमण सौर सिद्धान्त से बिल्कुल सही रहता है। मशहूर आलम तिथि पत्रिका तथा उर्दू की जंत्री का बुध ग्रह बिल्कुल सही रहता था। परन्तु जब से इन्होंने भी दृग गणित ग्रहण किया बुध भ्रमण से जो रसादि पदार्थों का महर्घ समहर्घ फल होना था। इसमें विक्षेप पड़ गया मेरे बारहा तजर्बों से यह सिद्ध हुआ कि दृश्यगणित का बुध करीब २ पाँच छः दिन पश्चात बक्रीं होता है तब तक व्यापार में बहुत कुछ उथल पुथल हो जाती है और व्यापारी इन दृश्य गणितकारों के बुध भ्रमण क चक्कर में रहकर हानि उठा बैठता है याद रक्खो कि ज्योतिष का यह सिद्धान्त कि ग्रहों के भ्रमण का प्रभाव हर पदार्थ हर प्राणी पर हमारी इस भूमि पर होता है। य द आप के पास ग्रह गणित सही है तो तभी वस्तुओं की महर्घ समहर्घ हाथ आ सकती है और यदि आप अशुद्ध ग्रह भ्रमण के चक्कर में पड़ गये तो हानि में रह जाओगे कुछ ज्योतिषी जो कि अधूरी पुरानी पुस्तको के आधार पर महर्घ समहर्घ का परामर्श व्यापारियों को देते हैं वह यह भी कहते हैं कि देश काल तथा राजनीति के कारण व्यापारी वस्तुओं में कभी कभी घटा बढ़ी हो जाती है मैं इससे सहमत नहीं हू मैंने व्यापार किया है और इस व्यापार से हा यह खोज की है। मैंने यह देखा है कि पूर्ण कारण सम-

हर्ष के बन रहे हैं और तभी ग्रह भ्रमण महर्घता क ओर हुए। बस फिर क्या था राजनीति से अथवा युद्ध वा वस्तु की किसी प्रकार की हानि से महर्घता दौड़ पड़ी चूँकि प्राणी मात्र पर ग्रहों का प्रभाव है इसलिये सब के मन में महर्घता घूम गई ध्यान रहें प्रत्यक्ष प्रमाण से बढ़कर कोई प्रमाण नहीं। मत बेधशाला वालों के चक्कर में रहो सब से श्रेष्ट शुद्ध प्रमाण यह है कि ग्रह बदलते ही हालात बदलते हैं और ग्रह प्राकृतिक रीति से सत्य बदलते है। वह वेधशाला वाले की राह नहीं जोहते हैं।

चन्द्रमा को मैं सौर से शुद्ध मानता हू मैं इस सिद्धान्त को सही मानता हू कि बाण बृद्धि रसक्षयम् शुक्र को साधारण भ्रमण में सौर तथा दृश्य के अंतर की आधी घटी सौर में बढ़ाओ परन्तु बक्री मार्गी काल में दृश्य गणित शुद्ध रहता है शेष ग्रह दृश्य गणित से शुद्ध और समय पर फल करते हैं। कभी-कभी ऐसा भी होता है कि जैसे मैं मंगल को दृश्य से सही मानता हूँ मेर पास कुराली का मारतड पंचांग था जो दृश्य से बनता है गुड़ का सट्टा चल रहा था मंगल के अशों से जो मैं गुड़ की मंदी तेजी निकालूँ तो उसमें कुछ समय का अंतर रह जावे मुझें शंका हुई तो मैंने पंचांग दिवाकर देखा दोनों के मगल अंशों में अन्तर था पंचांग दिवाकर के मंगल के अंश देखकर मैंने सही मंदे तेज का समय निकाल लिया दोनों पंचांग दृश्य से ही बनते हैं परन्तु मांतंड पंचांग के गणितज्ञ की भूल से यह थोड़ी अशुद्धी मंगल के अंशों में आ गई आपको चाहिये कि एक के गणित पर निर्भर मत रहो गणितज्ञ लापरवाई कर सकता है।

ज्योतिष विद्या द्वारा वर्षा ज्ञान

भारत वर्ष कृषि प्रधान देश है कृषि के लिये जल की मुख्य आवश्यकता है यदि समयानुसार आकाश से जल की वर्षा न हो तो खेती की उपज में बाधा पड़कर देश में अकाल को स्थिति बन जाती है। भारत देश में वर्षा काल जिस दिन सूर्य आर्द्रा नक्षत्र में प्रवेश करे (आर्द्रा नक्षत्र का सूर्य प्राय: २१ जून को आता है) इस दिन से प्रारम्भ होकर जिस दिन सूर्य स्वाती नक्षत्र में आवे स्वाती नक्षत्र पर सूर्य २४ अक्टूबर को आता हैं यहाँ तक मौसम वर्षात् ४ महीनें का होता है इन दिनों में तथा धन राशि के सूर्य में २१ दिसम्बर को जब कि सूर्य अयन बदल कर उत्तरायण होता है और इसके पश्चात दिनमान का बढ़ना प्रारम्भ हो जाता है यहां नियम पूर्वक वर्षा होती है यदि ग्रहों का भ्रमण खोटा हो तो प्रथम तो सर्वत्र वर्षा हो नहीं और यदि होवे तो जल प्रकोप से बड़ी क्षति हो। जल प्लाव से कृषि नष्ट हो जाये ऐसा तब होता है जब कि बिगड़ी दशा के ग्रह सजल नाडियों में भ्रमण कर रहे हों यह जलादि नाड़ी चित्र आगे संख्या ५ में देखो यदि ग्रहों का भ्रमण श्रेष्ठ हो तो बर्षा काल सुन्दर रहेगा उपयोगी वर्षा होकर सुन्दर अन्नादि की उपज होकर समहर्घता मंदा रहेगा।

———

वर्षा उपयोगी सप्त नाड़ी चित्र संख्या ५

दिशा रूप से नाड़ी	दक्षिणी अथवा निर्जल नाड़ियें			मध्य नाड़ी	उत्तरी अथवा सजल नाड़ियें		
नाड़ियों के नाम	प्रचण्ड	पवन	दहन	सौम्य	नीर	जल	अमृत
नाड़ियों के स्वामी	शनी	सूर्य	मंगल	बृहस्पति	शुक्र	बुध	चन्द्रमा
नाड़ी विभक्त नक्षत्र	कृत्तिका	रोहिणी	मृगशोर्ष	आर्द्रा	पुनर्बसु	पुष्य	आश्लेषा
	विशाखा	स्वाती	चित्रा	हस्त	उत्तारा फाल्गुनी	पुर्बा फाल्गुनी	मघा
	अनुराधा	ज्येष्टा	मूल	पुर्वाषाढ़	उत्ताराषाढ़	अभिजित	श्रवण
	भरणी	अश्विनी	रेवती	उत्तरा भाद्रपद	पुर्वाभाद्र पद	शतभिषा	धनिष्टा

वर्षा काल में तत्काल वर्षा होने के लक्षण

यदि मौसम के विपरीत अधिक वायु चलने लगे अथवा बिल्कुल बन्द हो जाये तीसरे अधिक गर्मी हो जाये वा चौथे गर्मी कतई समाप्त हो जावे पाँचवें अति बादलों का होना या छटे आकाश बिल्कुल निर्मल हो जावे यह छः लक्षण शीघ्र वर्षाद्योतक हैं।

सप्त नाड़ी चित्र संख्या ५ द्वारा वर्षा ज्ञान अन्य ग्रन्थों से

(१) सौम्य तथा क्रूर ग्रह यदि एक नाड़ी में इसके चारों नक्षत्रों में एक नक्षत्र पर अथवा जुदा २ नक्षत्रों पर हो तो इस नाड़ी के अनु-

सार फल करेंगे जैसे कुछ सौम्य ग्रह और कुछ क्रूर ग्रह अमृत नाड़ी के चार नक्षत्र अश्लेषा मघा श्रवण धनिष्टा में से किस एक नक्षत्र पर अथवा अलग २ चारों नक्षत्रों पर स्थित हों तो यह ग्रह अमृत नाड़ी ही में गिने जायेंगे और बहुतायत से वर्षा करेंगे यदि ग्रहों का भ्रमण श्रेष्ठ है तो अनुकूल वर्षा सर्वत्र होगी और ग्रह भ्रमण खोटा है तो या तो पहाड़ी प्रदेशों में भारी वर्षा होकर जल निष्फल जायेगा या जल प्रकोप से भयावह स्थिति बनकर कृषि नष्ट हो जायेगी । इसी प्रकार प्रचंड या पवन नाड़ी में ग्रह इकट्ठे हों तो पवन अधिक चलता है और हानि लाभ ग्रह स्थिति अनुसार करता है दहन नाड़ी में गर्मी का प्रभाव अधिक होता है सौम्य नाड़ी में साधारण मौसम, नीर में बादल जल नाड़ी में वर्षा होती है ग्रह स्थिति सर्वत्र प्रबल रहेगी ।

(२) यदि नाड़ी का स्वामी ग्रह इकला ही अपनी नाड़ी के नक्षत्र पर होतो फल नाड़ी के नाम के अनुसार होगा ।

(३) यदि किसी नाड़ी में केवल सौम्य या केवल क्रूर ही ग्रह हों तो दुर्दिन अर्थात् पवन बादल अंधकार विद्युत ओला हो वर्षा श्रेष्ट नहीं हो यहाँ चन्द्रमा के आने से और खोटा फल हो जाता है ।

(४) वर्षा कारक नाड़ी पर सौम्य तथा क्रूर ग्रहों के साथ जब चन्द्रमा आ जावे तो सुन्दर वर्षा हो इन ग्रहों के अंशों के समान चन्द्रमा के अंश होने से और श्रेष्ट वर्षा हो ।

(५) पूर्णचन्द्रमा (शुक्ल ६ से कृष्ण १० तक का) जिस नाड़ी में हो उस नाड़ी का स्वामी चन्द्रमा के साथ हो अथवा उसे देखता हो तो वर्षा करे ।

(६) चन्द्रमा सौम्य तथा क्रूर ग्रहों के साथ यदि अमृत नाड़ी में हो तो १-३-७ दिन में २-४-५ बार वर्षा हो जल नाड़ी में होने से ४ पहर या १-५ दिन तक वर्षा हो नीर नाड़ी में १ या ४ पहर या ३ दिन वर्षा हो। सभी ग्रह अमृत नाड़ी में होने से १८ दिन जल नाड़ी में १२दिन नीर नाड़ी ६ दिन सौम्य में ३ दिन तक वर्षा हो यदि दक्षिण नाड़ियों में हो तो दुर्दिन दुष्ट वर्षा हो।

(७) ग्रह निर्जल नाड़ियों में सौम्य अधिक और क्रूर कम हो तो वर्षा हो और सजल नाड़ियों में क्रूर अधिक, सौम्य कम हों तो वर्षा नहीं हो।

(८) निर्जल नाड़ियों में शुक्र हो सजल में चन्द्रमा के होने से प्रचंड पवन चले यदि दोनों सजल नाड़ियों में हों तो बहुत वर्षा हो क्रूर ग्रह इन्हें देखे या साथ हों तो थोड़ी वर्षा हो।

(९ एक नाड़ी में सूर्य चन्द्रमा शुक्र हो या चन्द्रमा मंगल गुरू अथवा चं. बृ. शु या चं. बु. बृ. शु. के एक नाड़ी में होने से उत्तम वर्षा होती है।

(१०) एक नाड़ी में सू. चं. श. अथवा बु. शु. हो तो बिजली गिरे या दुर्दिन हो।

(११) एक नाड़ी में सू. चं.श. शीत काल में अधिक ठंड करते हैं गर्मी में अधिक गर्मी बर्षा में बर्षा होती है।

(१२) कोई भी ग्रह उदय अस्त बक्री मार्गी या राशि चार के समय जल नाड़ी में हो तो बहुत वर्षा हो।

यह ध्यान रहे कि यदि ग्रह स्थिति अशुभ होगी तो बर्षा नहीं होगी नाड़ी से ग्रहों का ही फल बलवान होता है।

ग्रहों द्वारा वर्षा ज्ञान

याद रखिये कि वर्षा काल में और सर्दी के दिनों में जबकि सूर्य अयन बदलता है नियम से वर्षा होती है यदि खोटे ग्रह हों तब नहीं होगी ।

(१) एक राशि में अथवा एक नक्षत्र में शीघ्र गति ग्रह आगे हों और मन्द गति ग्रह पीछे हो तो सुन्दर बृष्टि होती है ।

(२) यदि एक राशि अथवा एक नक्षत्र में होते हुवे मन्द गति ग्रह आगे हो शीघ्र गति ग्रह से, तो अनाबृष्टि होती है ।

मन्द गति और शीघ्र गति ग्रह ज्ञ न

(१) सब ग्रहों में चन्द्रमा शीघ्र गति है यदि चन्द्रमा आगे हो तो शुभ फल करता है और वर्षा कारक है । पीछे खोटा फल करता है ।

(१) सूर्य ग्रह यदि उदय हुए बुध से आगे हो तो अशुभ, और अस्त हुये बुध से आगे होने पर शुभ फल करता है वर्षा कारक अन्नादि मन्दे (समर्घ) करता है यदि अस्त हुआ बुध आगे हो सूर्य से तो अशुभ और उदय हुआ बुध आगे हो सूर्य से तो शुभफल वर्षा करता है अन्नादि का भाव मन्दा करता है ।

सू से शु० शीघ्र गामी है शेष ग्रह मं० बृ० श० मन्द गति हैं इन तीनों के सू० से आगे होने पर अवर्षण अन्नादि चांदी इत्यादि के भाव में तेजी (महर्घता) होती है और रा० के० चाहे सू० से आगे हो अथवा पीछे अन्न और वर्षा पर खोटा प्रभाव नहीं करते ।

(३) मङ्गल ग्रह सू० बु० शु० से मन्द गति है इसलिए जब कभी इनके आगे के मार्ग में होगा वर्षा नहीं होगी। अन्नादि का भाव तेज हो जावेगा और बृ० श० से शीघ्रगामी है इसलिये यदि मं० ग्रह बृ० श० से आगे के मार्ग में हो तो सुन्दर वर्षा अन्नादि का भाव मन्दा (समहर्घ) होता है। यदि बृ० श० से मं० पीछे हो तो अवर्षण दुख अन्नादि महगे (महर्घता) होती है।

(४) बुध ग्रह मं० बृ० श० रा० के० से शीघ्रगामी है इसलिए इनसे आगे के मार्ग में चलने पर अर्थात जब बु० ग्रह आगे हो इन पांचों से तो सुन्दर वर्षा हो अन्नादि मन्दे हों। केवल श० से आगे बुध के होने पर अन्न का भाव महंगा और श० से बुध के पीछे होने पर मन्दा होता है और यदि बुध ग्रह इन पांचों से पीछे हो तो अवर्षण होता है।

(५) बृहस्पति शीघ्रगामी है श० रा० के० से इन तीनों के आगे यदि गुरु हो तो सुन्दर वर्षा अन्नादि मन्दे यदि पीछे हो इन तीनों से तो अवर्षण अन्नादि महंगे होते हैं दुख होता है। शेष ग्रह सू० चं० मं० बु० शु० शीघ्रगामी हैं बृ० से इसलिये यदि पांचों से बृ० आगे होगा तो अनावृष्टि और अन्नादि महगे, यदि इनसे पीछे के मार्ग में गुरु चले तो सुबृष्टि अन्नादि मन्दे हों।

(६) शुक्र ग्रह चन्द्रमा के अतिरिक्त शेष ग्रहों से शीघ्र गामी है इसलिये यदि इन सब ग्रहों अर्थात् सू० मं० बु० बृ० श० रा० के० के आगे के मार्ग में यदि शुक्र होतो सुबृष्टि अन्नादि मंदे और पीछे के मार्ग में होता अनाबृष्टि वायु अधिक अन्नादि का भाव महंगा हो केवल बुध के पीछे भी शुक्र वर्षा करता है परन्तु हवा

कड़क बिजली इत्यादि प्रकोप होता है सुन्दर वर्षा नहीं होती।

(७) शनि ग्रह सब ही ग्रहों से मंदगति है इसलिये यदि श० ग्रह बु० को छोड़कर किसी से भी आगे के मार्ग में हो तो खोटा फल अनाबृष्टि अन्नादि महंगे और पीछे रहते शुभ फल करता है।

(८) रा० के० ग्रह बु० बृ० शु० से आगे के मार्ग में अशुभ फल अनाबृष्टि अन्नादि महंगे और पीछे के मार्ग में शुभफल करते हैं बृष्टि होती है—यह ध्यान रहे कि रा० के० बक्री होने के कारण बु० बृ० शु० के बक्री होने ही की दशा में जबकि बु० बृ शु० के अंश कम हों तो ग्रह बु० बृ० शु० आगे चलेंगे रा० के० से और तभी शुभफल होगा ऐसे ही बक्री शनि के अंश अधिक हों रा० के० से तो रा० के० ग्रह श० के आगे के मार्ग में चलेंगे और शुभ फल बृष्टि इत्यादि होगी।

(९) ज्योतिष की पुस्तकों में लिखा है कि यदि बु० बृ० इकट्ठे एक राशि या एक नक्षत्र पर हों अथवा बु० शु० या बृ० शु० एक राशि पर आवें तो वर्षा होती है इसमें यह ध्यान रहे कि यदि बृहस्पति से बुध या शुक्र एक राशि या एक नक्षत्र में आगे होगा तो सुन्दर वर्षा होगी और यदि गुरु से बुध या शुक्र पीछे होंगे तो प्रथम तो वर्षा होगी नहीं और होगी तो वह हानि कारक होगी और ऐसा प्रायः वर्षा काल में हुआ करता है ऐसे ही यदि दूसरे अशुभ योग भी हों जैसे बुध से भौम आगे होतो वर्षा नहीं होगी परन्तु यदि इनको गुरु शुभ राशि का होकर और शुभ दृष्टि बलबान दृष्टि नवम पञ्चम से देखे तो वर्षा होगी ऐसे ही सब खोटे योगों वर्षा अवरोधक योगों में समझना शुभ राशि के गुरु की शुभ दृष्टि अशुभ फल को

हटाकर शुभ फल किया करती है और यदि अशुभ ग्रहों की अशुभ ही दृष्टि हो तो बहुत खोटा फल करती हैं जैसे सं० २००७ बि० वर्षा काल में कुम्भ का गुरु जिसकी कि यह राशि अति शुभ थी बक्री होकर नीच मकर की तरफ गति हो जाने से बृहस्पति अति अशुभ हो गया और सप्तम राशि सिंह पर शनि मार्गी है जो कि सिंह का होने के कारण खोटा है दोनों अशुभ ग्रहों की सप्तम अशुभ ही दृष्टि है और इस हालत में दोनों जल नाड़ी में होकर इस वर्षा काल में जल द्वारा हानि करने वाले हो गये राशि कुम्भ अधिक बिगड़ी हैं जिसका सम्बन्ध बंगाल से लेकर कोरया तक है इसीलिये इस पूर्व दिशा में वर्षा से बिहार इत्यादि में भारी अन्न धन खेती का नाश हो गया और भारत के और बहुत से खण्डो में अधिक जल से खेती को नुकसान पहुंचा।

(१०) यदि कर्क के सूर्य को नवम या पच्चम दृष्टि से बृहस्पति देखे तो सुन्दर बृष्टि होती हैं इसका कारण यह है कि कर्क से नवम व पच्चम मीन व बृश्चिक राशियें होती हैं जो कि गुरु की शुभ राशि हैं और कर्क के सू० में बृश्चिक का गुरु तो बक्री नहीं रहता और मीन का गुरु बक्री हो अथवा मार्गी अशुभ नहीं होता इसलिये बृश्चिक तथा मीन के गुरु का और कर्क के सूर्य का सुन्दर सम्बन्ध सदैव ही रहेगा जो कि श्रेष्ट वर्षा कारक होंगे।

(११) गोल योग को जिसमें कि सात ग्रह इकट्ठे होते हैं बहुत ही खोटा लिखा है जैसा कि सं० १९९० बि० माघ की अमावश्या को सात ग्रह सू० चं. भो. बु. शु. श. रा. मकर में बुरी दशा मे इकट्ठे हुए अर्थात् चं. के आगे सू. इसके आगे अस्त हुआ बु. और बु. के आगे मं. आगे श. इसके आगे शु. और शु. के आगे रा. था यह

स्थिति अच्छीं नहीं थी इसी लिये इसी समय भारत देश में भारी भूडोल आया और प्रान्त बिहार जिसका सम्बन्ध मकर राशि से है इसके शहर मुजफ्फरपुर दरभंगा मुंगेर इत्यादि में पचास सहस्त्र मनुष्य दब कर घरों तथा सड़कों पर मर गये यदि इन्हीं ग्रहों की स्थिति सुन्दर होती (जैसा कि इससे कुछ दिन पहले सात तो नहीं कुछ कम ग्रह इकट्ठे थे तो इसमें वर्षा भी होती रही और अन्न भी मंदे हुए) तो अशुभ फल नहीं होता और शीघ्र गति ग्रह शुक्र इत्यादि आगे हो मन्द ग्रह शनि आदि पीछे हों तो वर्षा अवश्य होगी इसी लिये कभी यह ध्यान न करो कि चार या पाँच या छः सात ग्रह इकट्ठे हो गये हैं और अशुभ फल अनाबृष्टि इत्यादि होगी बल्कि ग्रहों की स्थिति को देखो संख्या का ख्याल न करो अशुभ ग्रह तो एक दो भी अशुभ फल करेंगे और शुभ दशा के तो आठ भी अशुभ फल नहीं करेंगे यह सब आगे सिद्ध किया जायेगा।

(१२) वर्षा काल में सूर्य का प्रभाव वर्षा के ऊपर अधिक पड़ता है यदि सूर्य अच्छी दशा में है तो सुन्दर वर्षा होती है यदि सूर्य किसी ग्रह द्वारा अशुभ हो जावे तो अना बृष्टि होती है।

(१३) यह याद रखिये कि बुध व शुक्र या बुध व गुरु अथवा गुरु व शुक्र यदि इकट्ठे हों तो आकाश में बादल अवश्य पैदा हो जाते हैं वर्षा इनकी शुभता पर निर्भर है शुभ में वर्षा और अशुभ में अवर्षण पवन इत्यादि दुरदिन होता है।

(१४) ग्रह उदय अस्त बक्री मार्गी हो अथवा राशी बदले और इसको पच्चम नवम सप्तम दृष्टि से बृहस्पति देखे तथा गुरु इत्यादि का जल व अमृत नाड़ी का सम्बन्ध भी हो तो वर्षा काल में वर्षा होती है।

अनाबृष्टि सम्बन्धी योग

(१) यदि ग्रहों का सम्बन्ध इस तरह हो कि मन्द गति ग्रह आगे और शीघ्र गति पीछे तो अनाबृष्टि होती है जैसे भौम से गुरु आगे हो तो अनाबृष्टि होती है।

(२) सूर्य से मंगल आगे होने पर वर्षा नहीं होती सं० १९८८ वि० शरद काल।

(३) मंगल के आगे शनि हो तो वर्षा नहीं हो।

(४) बृहस्पति से आगे शनि हो तो वर्षा नहीं हो।

(५) गुरु के आगे राहु के होने से भी वर्षा नहीं हो।

(६) गुरु से पीछे शुक्र हो तो हवा चले वर्षा न हो बादल हों।

(७) शुक्र के आगे भौम वर्षा रोकता है।

(८) टिप्पणी–यदि इन योगों में कहीं वर्षा होने लगे तो वह ऐसी होती है कि उससे अन्न, धन, जन की हानि होगी ऐसा प्रायः तब होता है कि ग्रह उत्तार की सजल नाड़ियों में हों और वर्षा काल हो जल प्लाव होता है।

(९) बृहस्पति से सप्तम शुक्र हो और राशि सुन्दर न हो तो हवा चले वर्षा न हो सं० १९९४ वि० श्रावण।

(१०) बृहस्पति से सप्तम शनि होतो वर्षा नहीं हो यदि होवे तो जल प्रकोप से अन्नादि की हानि हो जैसे सं० २००७ बि० मौसम बरसात में कुम्भ का गुरु वक्री था और सप्तम सिंह में शनि था भारत में उत्तर प्रदेश से लेकर बंगाल आसाम तक नदियों के बांध कई एक स्थान पर टूट गये घर गिर पड़े खेती पानी में डूब गई

किसी २ स्थान पर तो इतनी भारी वर्षा हुई कि जंगली पशु चीते तक बह गये यहां दोनों ग्रह जल नाड़ी में थे और सं० १९८७ बि में धन का शनि वक्री था सप्तम मिथुन का गुरु था वर्षा काल में वर्षा नहीं हुई।

(११) मंगल से सप्तम शनि हो और राशि भी अशुभ हो तो वर्षा का अवरोधक योग होता है। सं० १९८७ वि० में बरसात में धन का श० मिथुन का भौम था वर्षा नहीं हुई।

(१२) मंगल से सप्तम बृहस्पति के होने से भी वर्षा में रुकावट होती है।

(१३) यदि इन योगों में सुन्दर राशियों के मंद गति ग्रह हों और उत्तर की सजल नाड़ी हों तो वर्षा हो जायेगी।

(१४ भौम से आगे गुरु हो तो वर्षा नही हो सं० १९८७ वि० में मिथुन में वर्षा काल में थे वर्षा नहीं हुई।

(१५) वर्षा काल में यह देखने के लिये की अशुभ ग्रह सजल नाड़ी का जो कि जल प्रकोप करेगा और किस प्रांत में हानि करेगा प्रथम उस ग्रह की राशि देखो कि कौन राशि का है। द्वितीय देखो चित्र संख्या ५ में यह राशि किस देश से सम्बन्ध रखती है जैसे सं० २००७, वि० वर्षाकाल में कुम्भ का गुरु बक्री होने से अति अशुभ हो गया तो कुम्भ राशि के अंतर्गत देश भारत का पूर्वी खंड बंगाल इत्यादि हैं इन्हीं में जल प्रकोप से भारी हानि हुई ऐसे ही सर्वत्र जानना और सं० १९८७ वि० में निर्जल नाड़ी में शनि व गुरु के धन व मिथुन में सप्तम योग से अनावृष्टि हुई।

टिप्पणी –इन सब योगों के होते हुए भी इनको केवल आधार मात्र समझकर अपनी बुद्धि को भी काम में लाओ जैसे वर्षा

काल में बंगाल के समुद्र से ही जल उठकर भारत में वर्षा करता है और इस जल को प्रथम बंगाल, बिहार इत्यादि प्रांत मिलते है तो प्राय: यहां तो वर्षा नियम से होनी ही चाहिये इसलिये यदि अशुभ ग्रह हो तो इन देशो में हानि अधिक वर्षा से और दूसरे दूर देशो में अवर्षण से होगी। यह भी ध्यान रहे कि यदि अनावृष्टि वाले ग्रहों के मध्य चन्द्रमा आ जावे तो वर्षा कर देता है:—

ग्रहों का आगे पीछे का ज्ञान

चित्र संख्या ७

ग्रह आगे पीछे ज्ञानार्थ कुंडली

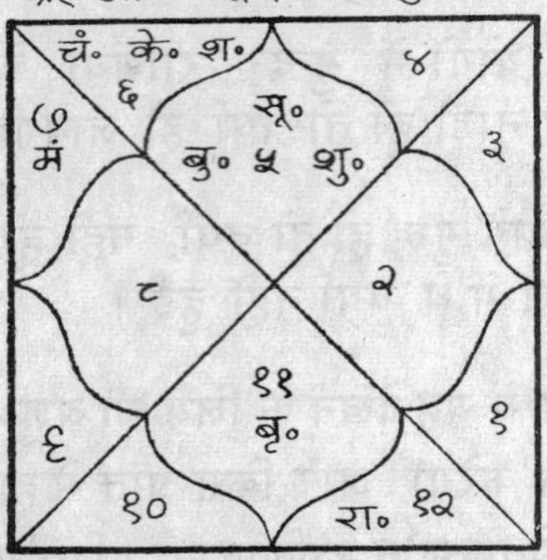

सं० २००७ बि० भाद्र पद अमावश्या समय घ० प० ४५।२४

सू०	चं०	मं०	बु०	बृ०	शु०	श०	रा०	नाम ग्रह
४	५	६	४	१०	४	५	११	राशि
२५	३	२८	२३	८	११	०	५	अंश
४८	५७	५	१४	२२	१९	२२	५०	कला
१२	५	०	७	३६	४६	८	२०	विकला
५८		३९	३८	७	७३	७	३	गति
२५		३४	३९	१५	५८	४२	११	
मा०	मा०	मा०	व०	व०	मा०	मा०	व०	वक्री मार्गी
उ०	अ०	उ०	अ०	उ०	उ०	अ०	अ०	उदय अस्त

चित्र संख्या ७ सं० २००७, बिक्रमी भाद्रपद अमावश कृष्ण (३०) समय घ० प० ४५, २४ जिसको मिश्रमान भी कहते हैं। इस समय के ग्रह स्पष्ट है अर्थात आकाश में इस समय जिस २ स्थान पर ग्रह हैं वह दिखलाया है और यह पंचांग में इसी रुप में लिखा रहता हैं।

इसमें ग्रहों को आगे पीछे इस प्रकार जानों कि जैसे सिंह राशि (५) में तोन ग्रह सूर्य बुध शुक्र बैठे हैं इनमें शुक्रके अंशादि लिखे हैं। ११, १६, ४६ अर्थात शुक्र भोग चुका है पूर्ण चार राशि और पांचवी राशि के ११ अंश १६ कला ४६ विकला अर्थात इस समय सिंह राशिमें बारहवें अंश में चल रहा है। इसी तरह बुध के अंशादि लिखे हैं ४, २३, १४, ७ जिसका अर्थ है सिंह राशि के चौबीसवें अंश को बुध भोग रहा हैं चूंकि शुक्र बारहवें अंश को भोग रहा है और बुध चौबीसवें को अर्थात बुध ने सिंह राशि का अधिक मार्ग तै कर लिया और शुक्र ने बारहवें अंश में चलने के कारण कम इसलिये इसका आशय यह हुआ कि शुक्र से बुध आग के मार्ग में है। इसी प्रकार सूर्य के अंशादि देखो चित्र संख्या (७) ४, २५, ४८, १२ जिसका अर्थ हुआ कि सूर्य सिंह राशि के छब्बोसवे अंश को भोग रहा है यह अंश बुध व शुक्र दोनों से अधिक हैं इसलिये सूर्य ग्रह सिंह राशि में बुध व शुक्र से आगे है। इसी प्रकार कन्या राशि में चित्र संख्या ७ में देखो तीन ग्रह शनि चन्द्रमा केतु बैठे हैं इनमे शनि के-राशि अंशादि ५, ०, २२, ८ है और चन्द्रमा के ५, ३, ५७, ५ केतु के जिसको राशि को छोड़ कर राहू के समान ही अंश कला विकला होते हैं और इसी कारण से बहुत से पंचाँगो में केतु के राश्यादि अंश लिखे नहीं जाते केतु के राशि अंशादि ५, ५, ५०, २० लिखे हैं इसलिये इन तीनों में अधिक अंश केतु के और केतु से कम चन्द्रमा के और सबसे कम

शनि के हैं इसका अर्थ हुआ कि शनि से चन्द्रमा आगे और इसी कन्या राशि में चन्द्रमा से केतु आगे है इसी प्रकार सर्वत्र जानना।

टिप्पणी—देखो चित्र संख्या ७ कुछ पुस्तकों में ग्रहों को आगे पीछे इस प्रकार भी माना है जैसे मंगल तुला में और इससे पहली राशि कन्या में शनि और इस से पहली राशि सिंह में सूर्य अर्थात वह इस तरह कहते हैं कि शनि से आगे मंगल और पीछे सूर्य और इसी से फल कहते हैं याद रखिये मेरे अनुभव में इस स्थिती का कुछ प्रभाव नहीं होता ग्रह का आगे पीछे का प्रभाव तब पड़ेगा जबकि ग्रह का एक दूसरे का अंतर कम होगा और अंतर बारह अंश से अधिक न हो यदि एक नक्षत्र और एक राशि में होकर ग्रह आगे पीछे हो तो बल सहित प्रभाव पड़ता है। उदाहरण आगे देते हैं सन १९४९ ई० ८ नवम्बर से पहले शनि के पीछे मंगल सिंह राशि में चल रहा था शनि के पीछे मंगल के होने से गुड़ में महर्घता (तेजी) होनी चाहिये थी परन्तु नहीं हुई इसका कारण यह था कि दोनों ग्रह शनि व मंगल एक राशि सिंह में तो थे परन्तु दोनों में अंतर अधिक था। शनि उत्तरा फाल्गुनी नक्षत्र में था ओर मंगल पुर्वाफाल्गुनी नक्षत्र में ८ नवम्बर को जिस समय मंगल शनि के पीछे शनि नक्षत्र उत्तरा फाल्गुनी पर मंगल पहुंचा इसी दिन एक दिन ही में आठ आने प्रति मन की महर्घता गुड़ में आ गई इसी प्रकार बहुत उदाहरण हैं जो कि आगे आयेंगे।

अनावृष्टि अथवा अतिवृष्टि के कुछ उदाहरणार्थ ग्रह योग

(१) सं० १९८७ बि० वर्षा काल में धन का शनि बक्री होकर मूल नक्षत्र में निर्जल नाड़ी में अशुभ हालत में बक्री होने से था और

सप्तम स्थान मिथुन राशि में मार्गी होने से शुभ दशा में बृहस्पति था गुरु पुनर्वस नक्षत्र नीर नाड़ी में था इसी लिये शनि ग्रह निर्जल नाड़ी वाले ने भारत में अनावृष्टि रक्खी और भारतीय कांग्रेस का अंग्रेज सरकार से घोर संघर्ष हुआ १९३० ई० कांग्रेस का संग्राम हुआ।

(२) सं० २००७ वि० में सिंह के सजल नाड़ी के शनि ने सप्तम स्थान कुम्भ के गुरु को जो कि बक्री दशा में सजल नाड़ी में था अधिक खोटा करने से भारत में जल प्रकोप से अत्यन्त हानि पहुंचाई।

(३) सं० १९८७ वि० वर्षा काल में मिथुन के बृहस्पति के पीछे मिथुन ही में मंगल था जो कि अनावृष्टि कर रहे थे परन्तु जब गुरु व भौम के बीच चन्द्रमा ने पहुंचकर इस योग को भंग किया तो वर्षा हो गई इसलिये ध्यान रक्खो कि यदि दो ग्रह खोटा फल कर रहे हों तो मध्य चन्द्रमा के आने से शुभ फल वर्षा इत्यादि होती है।

(४) सं० १९८७, वि० भादो व आश्विन में बृहस्पति के पीछे एक राशि मिथुन में भौम था यहां सप्तम जो धन का शनि था वह मार्गी होकर शुभ भी हो गया परन्तु फिर भी वर्षा न हुई इसका कारण यह था कि प्रथम तो सप्तम दृष्टि अशुभ द्वितीय गुरु के पीछे भौम तृतीय तीनों ग्रहों की नाड़ी प्रथक प्रथक और चौथे तीनों ग्रह सजल नाड़ियों में नहीं हैं।

(५) सं० १९८८ वि० में मार्गशीर्ष से माघ की अमावश्या तक

सूर्य से भौम आगे के मार्ग में भ्रमण करता रहा इस समय में वर्षा नहीं हुई।

(६) सं० १९८९ वि० भादो शुक्ल ८,९,१० में भारी वर्षा हुई इससे यमुना नदी में बाढ़ आगई (जल प्रकोप) और हानि हुई कारण यह था कि शनि मकर में बक्री होकर सप्तम स्थान में कर्क राशि में बैठे भौम व शुक्र को अशुभ दृष्टि से देख रहा है और शुक्र के पीछे भौम कर्क में पहुचकर वर्षा करता है और ग्रह सजल नाड़ियों में घूम रहे हैं इसी से वर्षा अधिक हुई।

(७) सं० १९९४ वि० में श्रावण के महीने में मिथुन का शुक्र था और सप्तम स्थान धनु राशि में बक्री हो जाने से गुरु अशुभ था इसी अशुभ बृहस्पति ने अपनी सप्तम अशुभ दृष्टि से शुक्र को अशुभ कर दिया और प्रबल वायु चलने पछवा की पवन और अवर्षण से खेती में बहुत हानि पहुंची।

(८) सं० १९९८ वि० फाल्गुन शुक्ला ३,४,५ में भारी वर्षा हुई यहाँ पर मकर राशि में बुध बक्री के सामने शुक्र मार्गी होकर चला और इसी दिन बुध उदय भी हुआ दोनों ग्रह सजल नाड़ी में थे परन्तु थे प्रथक नाड़ी में एक नाड़ी में नहीं थे। चन्द्रमा निर्जल नाड़ी में और मेष में शनि के पीछे भौम था परन्तु था शनि से आगे निकलने वाला, प्रबलकारी वर्षा होने का यह था कि बृहस्पति बृष का उदय हुये बुध को मार्गी हुये शुक्र को शुभ प्रत्यक्ष बलवान नवम दृष्टि से देख रहा था इससे यह निश्चय हो गया कि यदि बुध व शुक्र सजल नाड़ी में एक राशि में हों और इनमें से कोई ग्रह बक्री मार्गी या उदय अस्त होते हुये को शुभ दृष्टि से गुरु देखे तो वर्षा हो।

(९) सं० १९८१ वि० वर्षा काल आश्विन में कुम्भ में भौम मार्गी सन १९२४ ई० हुआ और सप्तम सिंह में शुक्र मार्गी रूप से चल रहा था दोनों ग्रह सजल नाड़ी में थे दोनों का अशुभ सम्बन्ध होने से वर्षा से बहुत हानी हुई यमुना नदी में बाढ़ आकर बहुत ग्राम नष्ट हुये।

कुछ विशेष अशुभ घटनायें

(१) सं० १९७५ वि० में पहले तो कातिक व मार्गशीर्ष में शीत कफ, ज्वर की भारी बीमारी जिसको अंग्रेजी भाषा में इनफिलुंजा का नाम दिया गया अधिक प्रकोप से हुई और भारत में कोई भी ग्रह शेष न रहा जिसमें दुख रोग न हुआ हो वर्षा न हुई यहां पर सभी ग्रह अशुभ हो रहे थे बृहस्पति बक्री मिथुन में अशुभ था इससे सप्तम भौम धन में था जिसको गुरु ने बहुत अशुभ कर दिया था। तुला के शुक्र का मार्ग नीचस्थ तुला के सूर्य ने आगे चलकर भ्रष्ट कर दिया और शनि अशुभ राशि सिंह में था पोष में भौम के पीछे शुक्र मकर में इसके पश्चात माघ में भी भौम शुक्र कुम्भ में और सिंह में शनि सप्तम था इस शीत काल में औलों की भारी वर्षा हुई जिससे खेती को भारी हानि पहुंची इन्हीं दिनों अमृतसर के जलियांनवाला बाग में अंग्रेज के जनरल डायर ने मशीनगनों द्वारा सहस्रों भारतीयों को राजद्रोह अपराध में मृत अवस्था को पहुंचा दिया भारत में भारी उपद्रव फैला।

(१)ब सं० २०११ ता. २८,९,५४ ई० की रात्रि में दक्षिण हैदराबाद के प्रदेश में अति वर्षा से एक नदी का पुल रेल का बह गया यहां जब यात्री रेलगाड़ी आई तो वह नदी में गिर कर डूब गई इसमें आठ डिब्बे थे छः सौ मनुष्य यात्री मर गये यहाँ पर ग्रह

स्थिति यह थी कि तुला में चन्द्रमा गया इसके आगे इन्द्र बुध और बुध के आगे एक ही नक्षत्र स्वाति में शनि था शुक्र इसी राशि में दूर था किसी शुभ की दृष्टि नहीं थी चन्द्रमा के इन्द्र के पीछे जाते ही दुर्घटना हो गई गुरु केन्द्र योग करता था।

(२) सं. १९८५ वि. ज्येष्ट शुक्ल दशमी को गंगा स्नान से घरों को शुक्रताल से लौटते लोगों को आते समय दिन के तीसरे पहर में बड़ी प्रबल वायु ने उपद्रव मचाया और भारी हानि पहुंचाई जिसके उपद्रव को आज तक मेरठ मुजफ्फरनगर इत्यादि जिलों में गाथा के रूप में लोग गाते हैं यहां पर बृष में आगे राहु इसके पीछे सूर्य और सूर्य के पीछे शुक्र रोहणी पवन नाड़ी में आया सप्तम शनि व केतु भी पवन नाड़ी में थे और सूर्य तथा राहु भी पवन नाडी में होकर शुक्र को अशुभ कर रहे थे सूर्य के पीछे शुक्र पवन ही चलाया करता है इसी कारण से भारी आंधी से हानि हुई।

(३) सं. १९९० वि. माघ कृष्ण अमावश्या (३०) दिन के तीन बजे भारत के प्रान्त बिहार व बंगाल के शहर मुजफ्फरपुर, दरभंगा, मुंगेर इत्यादि तथा नैपाल के काठमाँडू में भारी हानि हुई पचास सहस्त्र के करीब मनुष्य दब कर मर गये सारे भारत में यह भूडोल आया यहां ग्रह इस प्रकार थे मकर राशि में आगे राहु अशुभ था इसके पीछे शुक्र इसके पीछे शनि इसके पीछे मंगल इसके पीछे बुध अस्त और इसके पीछे सूर्य था जिस समय सातवाँ ग्रह चन्द्रमा दिन के तीन बजे सूर्य के पीछे पहुंचा तो उसी समय इस भूडोल ने आकर भारी हानि की मकर का सम्बंध इसी भूमि से है।

(४) सं. १९९६ वि. वर्षा काल में योरोप का द्वितीय संसार व्यापी

महा युद्ध छिड़ा सं. १९३९ ई० १ सितम्बर और इसको जर्मन देश के सर्वो सर्वा नाजी नाम की संस्था के स्वामी हिटलर ने आरम्भ किया यह युद्ध ६ वर्ष रहा स. २००२ वि. में समाप्त हुआ यहां पर ग्रह स्थिति यह थी कि मेष राशि में शनि वक्री होकर मेष के केतु के आगे और राहु से सप्तम था गुरु मीन में बक्री होकर अशुभ हो रहा था अधिक बुरी दशा केतु की थी इसका कारण केतु जो मीन अपने घर की दिशा में जा रहा था उसको शनि ने बहुत अशुभ कर दिया मेष का सम्बंध भारत इंगलैंड व जर्मनी से है और मीन का सम्बंध फ्राँस से तुला जिस पर अमेरीका का निर्भर है सब ही देशों को इस युद्ध से भारी हानि पहुची।

(५) सं. २००८वि. में कन्या पर शनिचर और सप्तम मीन पर गुरु था यह सप्तम का खोटा योग है परन्तु दोनों ग्रह शुभ हैं इसी लिये अधिक अशुभ फल नहीं हो रहा परन्तु श्रावण में गुरु के वक्री होने से यह योग सप्तम ग्रह स्तिथि का अशुभ फल करने लग गया दूसरा अशुभ योग यह था कि राहु कुम्भ में शनि के घर और शनि कन्या में राहु के घर छटे आठवे सम्बंध से हैं इसी कारण से तमाम संसार की पूर्ण इच्छा और परिश्रम करने पर भी अमेरिका और चीन का परस्पर छिड़ा युद्ध कोरया देश में बंद नहीं हो पाया ईरान देश से अंग्रेजों को तेल सम्बंधी झगड़ा हो जाने से भागना पड़ा आगे चल कर अक्टूबर में पाकिस्तान के प्रधान मंत्री श्री लियाकत अली खां को सैयद अकबर ने रावल पिंडी में एक जलसे में भाषण देते हुये गोली मार कर मार दिया भारत में अनावृष्टी से भारी हानि पहुंची दक्षिण में तो बहुत मनुष्यों को अनावृष्टी के कारण कृषि नष्ट हो जाने से अपने निवास स्थान छोड़ने पड़े।

ऐसे अशुभ ग्रहों के होने पर भी बहुत स्थानों पर जो कि खास तौर से कमिश्नरी मेरठ में सुन्दर वर्षा १३ सितम्बर १९५१ ई० को हो गई वर्षा तो कई दिन पहले से ही आरम्भ हो गई थी परन्तु थोड़ी थी यहां यह योग बना था कि सिंह राशी में केतु के आगे शुक्र हुआ यह शुक्र बक्री रूप से केतु के आगे चला तो कुछ वर्षा का रूप बन गया सामने मार्गी बुध आ रहा था जूं जूं बुध व शुक्र का अन्तर कम होता गया वर्षा बढ़ती गई और भाद्र पद शुक्ल को जबकि बुध व शुक्र में अन्तर न रहा और चन्द्रमा भौम बुध शुक्र शुभाशुभ ग्रह एक नाड़ी अमृत में इकट्ठे हो गये तो भारी और सुन्दर वर्षा हो गई इससे यह सिद्ध हुआ कि बुध व शुक्र का सम्बंध वर्षा थोड़ी बहुत कर ही देता है १५ सितम्बर से बुध को शुक्र बक्री होने से छोड़ गया वर्षा भी बंद हो गई इसका कारण खोटे ग्रह तो चल ही रहे हैं मिश्र देश में नहर स्वेज से अंग्रेजों का नियंत्रण समाप्त करने के लिये मिश्रयों ने भारी झगड़ा आरम्भ कर दिया भारत में भी पुरुषोत्तम दास टंडन प्रधान भारतीय कांग्रेस सभा को प्रधान मंत्री जवाहर लाल नेहरु और मुसलमानों की अनीति के कारण पद त्याग करना पड़ा काश्मीर में दुबारा युद्ध होने का ढंग बन गया परन्तु भारत की सेनायें अधिक संख्या में काश्मीर पहुंच जाने और भारत के युद्ध न करने की नीति से पाकिस्तान से युद्ध न छिड़ा।

(६) १९ जौलाई सन् १९४७ ई० तद्नुसार सं. २००४ वि. को शनि कर्क में अस्त हुआ १७ जौलाई १९४७ ई० को शनि के पीछे सुर्य पहुंच चुका था शनि के अस्त होने से सू० पर बहुत बुरा प्रभाव पड़ा इसके फल स्वरूप ब्रह्मा के प्रधान मंत्री आंगसान तथा इनके साथी सात और मंत्रियों को जब कि वह बैठे परामर्श कर रहे थे गन

से हत्या कर दी गई इससे यह सिद्ध हुआ कि सूर्य के अशुभ होने से राज कर्मचारियों पर प्रभाव पड़ता है कर्क से सप्तम मकर राशि जिसका सम्बंध ब्रह्मा इत्यादि से है इसी देश के मंत्री मरे।

(७) सं १९९० बि. आश्विन की अमावस्या के निकट सू० से आगे अस्त हुआ बुध और बुध से आगे बृ० कन्या रास में थे गेहूं वादे का भाव २।।-)।। से बढ़ कर २।।।)।। हो गया और एक रात्री में ऐसी वर्षा हुई कि जैसे फूटे घट से जल गिरता है बहुत ग्राम जलमग्न होकर नष्ट हो गये। मुजफ्फर नगर की नई मंडी में अधिक जल के गिरने से चार सौ खत्ती गेहूं की जलमग्न होने से नष्ट हो गई और अस्सी सहस्त्र मन अन्न नष्ट हो गया। इस वर्ष बारह शत खत्ती थीं, बहुत स्थानों पर जल प्लाव से हानि हुई आश्विन कृष्ण अमावश।

(८) सं. २०१२ द्वितीय भाद्र पद शुक्ल ८।९।१० तदनुसार २४।२५।२६ सितम्बर सन् १९५५ ई० में ग्रह इस प्रकार थे कि कन्या में २४ सितम्बर को बुध वक्री हुआ २९ अंश पर और सामने कन्या में शुक्र १४ अंश पर कन्या के सूर्य के ७ अंश से आगे आगे चल रहा था तथा १ अक्टूबर को गुरु सिंह राशि में पहुंचा जिसमें कि आगे मंगल २९ अंश भोग चुका था। यहां पर भारी वर्षा भारत भर में हुई इसके पश्चात २।३।४।५ अक्टूबर तदनुसार आश्विन कृष्ण १-२-३-४ में भारी वर्षा तथा प्रबल पवन का बेग इस कारण रहा कि २ अक्टूबर की रात्री में मंगल कन्या में सूर्य के पीछे गुरु को त्याग कर पहुंचा और ३ अक्टूबर की रात्री में बुध व शुक्र का संघर्ष होकर वक्री बुध पीछे निकला शुक्र से, जिसको आगे सूर्य मिला और उच्चस्थ बुध का मार्ग सूर्य भ्रष्ट कर रहा है। इसी कारण भारी पवन चलती रही यह पहले भी देखा गया है कि यदि शुक्र के मार्ग में आगे बुध

का गमन हो तो दुर दिन की वर्षा होती है। ऊपर लिखी बुध की चाल मकरंद के गणित से है जिसका शुद्ध मानना वर्षा पवन इत्यादि स्पष्ट प्रमाण है। दूसरे ग्रह गणित ग्रंथों से बुध का फलित शुद्ध नहीं होता। आजकल के प्रत्यक्ष दर्शी गणित से मंगल शुक्र शनि राहु केतु गुरु का फलित शुद्ध मिलता है। ऊपर लिखी पिछली वर्षा और पवन से पश्चिमी उत्तरी भारत में बहुत बृक्ष गिर पड़े तथा मकानों की हानि हुई, पंजाब में अधिक हानि हुई, यमुना नदी में इस वर्षा के कारण भारी जल प्लाव आया और दिल्ली में जल से भय होने का जो बिन्दु यमुना जी में रेल के पुल के नीचे लगा हुआ है। उससे १$\frac{3}{4}$ फुट ऊपर जल पहुंच गया यह स्तर जल का ७ अक्टूबर की रात्रो में हो गया। यह ध्यान रहे कि वर्षा का प्रकोप ५ अक्टूबर को समाप्त हो चुका। उत्तरी पहाड़ों पर इस तिथी के पश्चात साधारण बोछारें पड़ी मैदान में आकाश निर्मल रहा पंजाब में अधिक वर्षा होने का कारण गुरु सिंह में अमृत नाड़ी में है। शेष ग्रह तथा चन्द्रमा निर्जल नाड़ियों में हैं सिंह राशि का सम्बध यमुना से उत्तर पश्चिम देश से है। ऊपर लिखे प्रकोप से यह भी सिद्ध हुआ कि वर्षा के लिये नाडी का कोई विशेष प्रभाव नहीं वर्षा कारक ग्रहों का ही प्रबल प्रभाव होता है। ८ अक्टूबर की रात्री तक यमुना के जल का स्तर भय बिन्दू से ३$\frac{1}{2}$ फिट ऊंचा हो गया राज्य की सर्तकता और सेवाभाव से भारी क्षति होने से बच गई। यमुना जल लाल किले को दीवारों से टकरा गया, यदि प्रत्यक्ष दर्शी गणित बुध का शुद्ध होता तो ७ अक्टूबर की रात्री से ९ अक्टूवर के दिन के १० बजे तक वर्षा होती। इस समय बुध बक्री का शुक्र से सम्बंध टूटा है परन्तु इन दिनों में आकाश निर्मल रहा। यमुना बाढ़ नई दिल्ली तक पहुंची आगरे में भी दुर्ग तक यमुना जल ने टक्कर मारी।

कुंडली
भूकम्प स० १९९० बि० माघ अमावश
प्रान्त बिहार व क्वेटा व शान्सी (चीन)

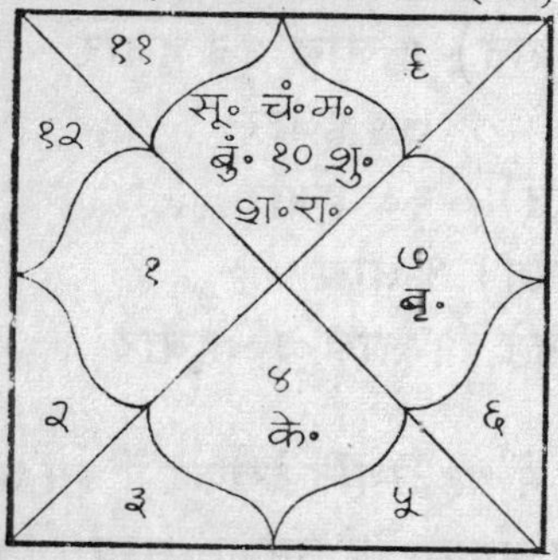

कुंडली भूकम्प मसीना सन् १९०८ ई०
सं० १९६४ बि०

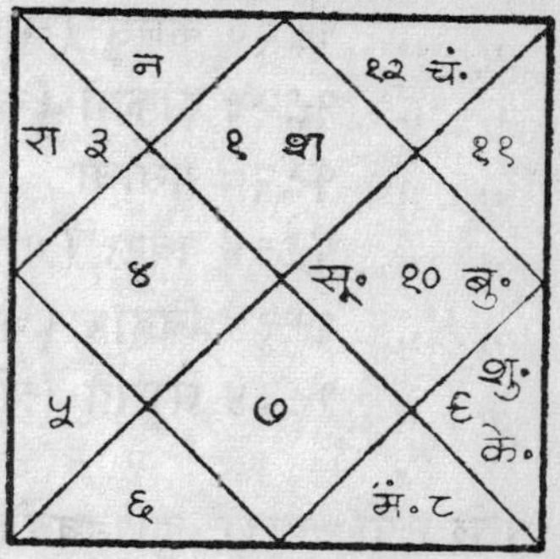

कुंडली हाइड्रोजन बम बिस्फोट
अमेरीका द्वारा स्थान बिकनी
प्रशान्त महासागर २६ मार्च सन १९५४ ई०

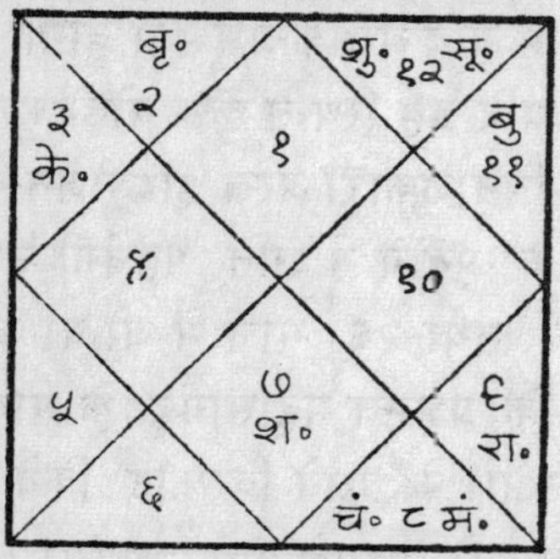

कुंडली हाइड्रोजन बम बिस्फाट
अमेरीका द्वारा स्थान बिकनी
प्रशान्त महासागर १ मार्च सन् १९५४ ई०

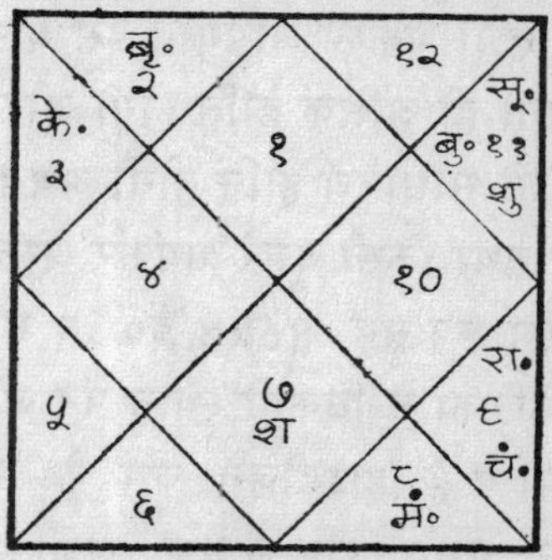

(९) विश्व के बड़े बड़े भूकम्पों की सूची जो कि एक लेख से लिखी गई है इस प्रकार है। सन् १९०६ ई० के भूडोल में सान फ्रांससिसको नष्ट हुआ।

ईसवी सन् १५९६ शान्सी (चीन) ८ लाख ३० हजार

ईसवी सन् १७३७ कलकत्ता (भारत) ३ लाख
,, ,, १६१५ अब्रुजी (इटली) २४ हजार
,, ,, १६२० कान्सु (चीन) १ लाख ८० हजार
,, ,, १६२३ टोकयो (जापान) १ लाख ४३ हजार
,, ,, १६२८ मसीना ७७ हजार
,, ,, १६३४ क्वेटा (भारत) २० हजार
,, ,, १६३४ बिहार (भारत) १ लाख
,, ,, १६३४ शान्सी (चीन) १ लाख ३० हजार

पीछे छपी चारों कुण्डिलयों में ग्रह स्थिति देखकर मैं इस तथ्य पर पहुंचा कि राहु जिसको पृथ्वी मानता हूं इसका सम्बंध किसी दूसरे ग्रह के साथ अशुभ हो अथवा यह स्वतः अशुभ हो और मंगल ग्रह जिसको पृथ्वी पुत्र कहते हैं किसी प्रकार अशुभ हो गया हो तभी भूकम्प आयेगा। इस योग में यदि अधिक अशुभता होगी तो इतनी ही अधिक हानि होगी और यदि ग्रह स्थिति कुछ थोड़ी सुन्दर हो तो साधारण हानि होगी अथवा विनाशकारी अस्त्र हाइड्रोजन-बम का तथा किसी दूसरे भयंकर अस्त्र के प्रयोग से क्षति पहुंचेगी उदाहरण रूप सन् १६५४ ई० १ मार्च तथा २६ मार्च में जो दो बार अमेरिका ने बिकनी स्थान पर जो कि प्रशान्त महासागर के मार्शल द्वीपों में है हाइड्रोजन बम के परिक्षण के लिये विस्फोट किये तो इस समय राहु अशुभ राशी धन में जिसके पीछे चन्द्रमा और मंगल को अशुभ बृहस्पति सप्तम अशुभ दृष्टी से बृष में बैठा देख रहा था। मंगल बृश्चिक स्वक्षेत्री होने से शुभ था। इसी कारण भूकम्प प्राकृतिक न आकर बम विस्फोट का परिक्षण मात्र हुआ माघ अमावश सं १६६० बि. में सभी ग्रहों की दशा बिगड़ गई। इसी कारण भारी क्षति हुई।

(१०) सं. २००७ कुम्भ का गुरु २६ जून सन् १९५० ई० को बक्री होकर अशुभ हो गया। सप्तम सिंह में शनि अशुभ है यहां दूर पूर्व कोरया में युद्ध छिड़ गया और १५ अगस्त सन् १९५० ई. में बुध उत्तरा फाल्गुनी शनि के नक्षत्र पर गया तो भारत के पूर्वी प्रदेशों आसाम, बंगाल पूर्वी बंगाल में बहुत स्थानों पर भारी भूकम्प आया और बिहार में भारी वर्षा से जल प्लाव से भारी हानि हुई अर्थात गुरु व शनि तो अशुभ थे ही जिनके अशुभ होने से कोरिया में युद्ध छिड़ा बुध के अशुभ होने से भूकम्प भी आ गया सिद्ध यह हुआ कि गुरु के अशुभ होने से युद्ध और बुध के बिगड़ने पर भूकम्प आता है। २६ जून प्रातः ही से बुध मिथुन में अस्त होकर सूर्य के पीछे जाने से अशुभ हो गया। इसके आगे अशुभ वरुण है।

(११) सं. २००३ श्रावण शुक्ल ५ से मंगल के पीछे शुक्र कन्या में गया। भारत में रेल दुर्घटना जल प्रकोप यहां मंगल के आगे गुरु भी है। गुरु पतन राशि का होने से और मंगल शुक्र के बिगडने से ऐसा हुआ कनाड़ा (अमेरिका) में कई दिन तक भूकम्प आता रहा। चीन में युद्ध अफ्रीका में सत्याग्रह इत्यदि उपद्रव होते रहे।

(१२) सं. २०१४ पौष कृष्ण ७ मध्यान १२ बजे मंगल अपने घर बृश्चिक में गया, आगे अशुभ शनि है। इसी लिये आज रात्रि में ईरान में भारी भूकम्प आया। इससे जन व धन की भारी हानि हुई मंगोलया व कोलम्बिया में भी भूकम्प केभारी धक्के लगे लंका भी जल प्लाव से ग्रस्त हो गया। भारतीय सेना ने पहुंच कर रक्षा की।

(१३) (अ) सं २०१५ ग्रह दूसरे पहले ही से अशुभ थे २८ मार्च सन् १९५८ ई० में बुध मेष में गया आगे केतु है। सप्तम गुरु है, तुला में यहीं राहु भी है। भारत के उत्तरी भाग पंजाब व काश्मीर

में भूकम्प के धक्के लगे, परन्तु केतु शुभ होने के कारण हानि कुछ नहीं हुई।

(ब) कार्तिक कृष्ण १३ सं. २०१३ तदनुसार ३१ अक्टूबर सन् १९५६ ई० की रात्रि में अंग्रेज तथा फ्रांस ने मिल कर वायु यानों द्वारा मिश्र पर भारी बम वर्षा की जिससे मिश्र देश का सब कुछ नष्ट हो गया। नहर स्वेज में खड़े सब जलयान नष्ट हो गये, ऐसा करने का कारण नहर स्वेज से अंग्रेजों का प्रभुत्व मिश्र ने समाप्त कर दिया था तथा मिश्र व इस्राइल में पहले ही से युद्ध चल रहा था। इस्राईल की सहानुभूति में ऐसा किया, यहां ग्रह स्तिथि यह थी कि बृश्चिक राशि जिसका सम्बंध अरब, ईरान, मिश्र इत्यादि से है। शनि इस राशि में गमन करता हुआ मार्गी होकर अशुभ हो गया, तथा सामने जो सुन्दर राहु आ रहा था इसका मार्ग भी भ्रष्ट होने से बृश्चिक राशि बहुत अशुभ हो गई। भौम कुम्भ में शनि के घर और शनि, बृश्चिक में भौम के घर शत्रु दृष्टि में हैं। गुरु शुक्र अशुभ कन्या में हैं, भौम ११।१०।५६ ई० को कुम्भ पर मार्गी होकर खोटा हो गया। यहीं से लड़ाई अधिक तेज हो गई और ३१।१० में बुध भी इन्द्र के पीछे एक नक्षत्र स्वाति में गया, तो मिश्र नष्ट हो गया।

कुडली ८ फरवरी सन् १९५५ ई०

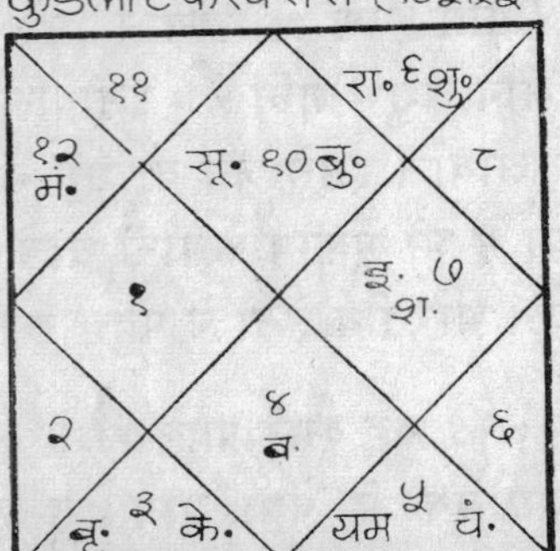

ग्रह स्पष्टात्

सू०	मं०	बु०	बृ०	शु०	श०	रा०
९	११	९	२	८	६	८
२५	२३	२८	२९	९	२७	१०
५८	२०	३०	२४	४०	५०	२०
	मा०	मा०	ब०	मा०	मा०	ब०

७ फरवरी सायंकाल चन्द्रमा स्वग्रह कर्क को त्याग कर सिंह (आगे प्लेटो है।)राशि में पहुंचा और गुरु वक्र गति से अपने उच्च कर्क (जिसका सम्बंध रूस से है) को त्याग कर मिथुन अपनी निर्बल राशि में जिसमें कि आगे निर्बल केतु है पहुंचा, सप्तम में राहु तथा शुक्र हैं। यह स्थिति बृ० शु० की बहुत ही अशुभ हो गई चन्द्रमा पहले कर्क में होने से शुभ था।। परन्तु जब कि सिंह में पहुंचने से यह भी अशुभ हो गया तो ८ फरवरी सं० १९५५ ई० को रूस के राज्य के संचालक प्रधान मंत्री श्री मैनिलकोफ ने त्याग पत्र दे दिया, यह ध्यान रहे कि इस काल में सभी राज्यों में सम्पूर्ण पृथ्वी पर प्रधान मंत्री ही हर एक राज्य का स्वामी राजा के समान कार्य करता है और यही राजा होता है इसकी नियुक्ति प्रजा जन ही करते हैं। इसी समय फ्रांस देश के प्रधान मंत्री मैण्डेज ने भी त्याग पत्र देकर स्थिति भय प्रद बना दी। भारत में छोटे से प्रांत दिल्ली के प्रधान मंत्री ब्रह्म प्रकाश को अलग कर दिया। ट्रांवनकोर कोचीन (भारत) के प्रधान मंत्री को अलग होना पड़ा, और पाकिस्तान के महाराज्य पाल—श्री गुलाम मोहम्मद के विपरीत भी महान न्यायाधीश ने पहले मंत्री मंडल की नियुक्ति की आज्ञा दे दी पहले मंत्री मंगल को महा राज्यपाल श्री गुलाम मोहम्मद ने भंग कर दिया था। यहां पर महाराज्य-

पाल का अधिकार राजा के समान है, और इसकी नियुक्ति इंगलैंड का राजा जिनका कि शासन समूचें भारत में सन् १९४७ ई० तक था करता था । यह सब राजकीय घटनायें गुरु के महान अशुभ हो जाने से हुई । शुक्र की स्थिति भी भयावह है । बृहस्पति के अशुभ हो जाने से राज्य क्रान्ति ही हुआ करती है इस समय भारी युद्ध भी हो सकता था । परन्तु गुरु तथा शनि का मित्रदृष्टि की सुन्दर युती तथा शुक्र शनि में भी मित्र सम्बंध है चूंकि मिथुन का सम्बंध फ्रांस और कर्क का सम्बंध रूस तथा धन का सम्बंध भारत, महाराष्ट्र, ट्रांवनकोर, कोचोन इत्यादि से है । सिंह का सम्बंध पश्चिमो पाकिस्तान से है ।

(१४) सं० २०१५ बि० २९ मार्च सन् १९५९ ई० को भौम अशुभ राशि मिथुन में सुन्दर मार्गी शनि से सप्तम गया । भारत के। दक्षिणी राज्य मध्य प्रदेश के नगर भूपाल तथा राजधानी में यवनों नें भारी उपद्रव हिन्दुओं के एक समारोह पर आक्रमण करके कर दिया । इस उपद्रव में भारी क्षति हुई एक विमान में अग्नि लगनें व पृथ्वी पर गिरने से बीस व्यक्ति मर गये वर्षा । झक्कड़ ओलों से बहुत स्पानों पर भारी हानि हुई । अफ्रीका में भी विमान दुर्घटना में एक मंत्री मर गया गरज २९, ३० मार्च में पवन, वर्षा, ओलों इत्यदि का भारी उपद्रव रहा । तिब्बत में कम्युनिस्ट चीन तथा खम्पा जाति में लड़ाई विद्रोह छिड़ गया, यहां के राजा धर्म गुरु दलाई लामा ने भाग कर अप्रैल के प्रारम्भ में भारत में शरण ली ।

सन् १९०३ ई० २१ दिसम्बर को मकर राशि में शनि मङ्गल का युद्ध हुआ । फल स्वरूप ९ फरवरी १९०४ ई० को रूस जापान का युद्ध प्रारम्भ हो गया । दूसरा कोई ग्रह मकर में नहीं था इससे यह सिद्ध हो गया कि मकर का प्रभाव भारत से दूर पूर्व में होता है ।

कुंडली प्रथम जर्मन महायुद्द
४-६-१९१४ई०

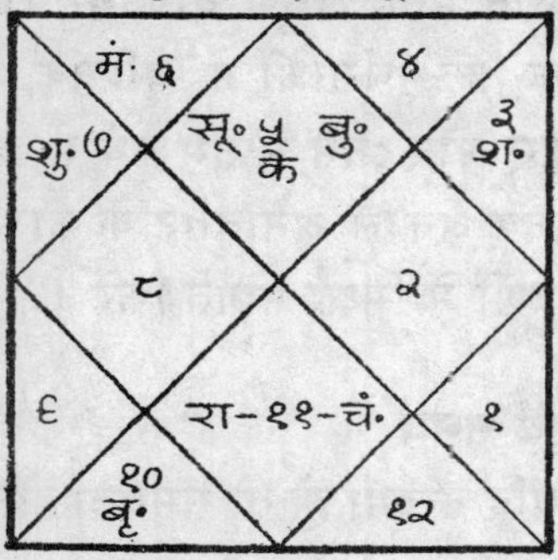

कुंडली द्वितीय जर्मन महायुद्द
२९-८-१९३९ई०

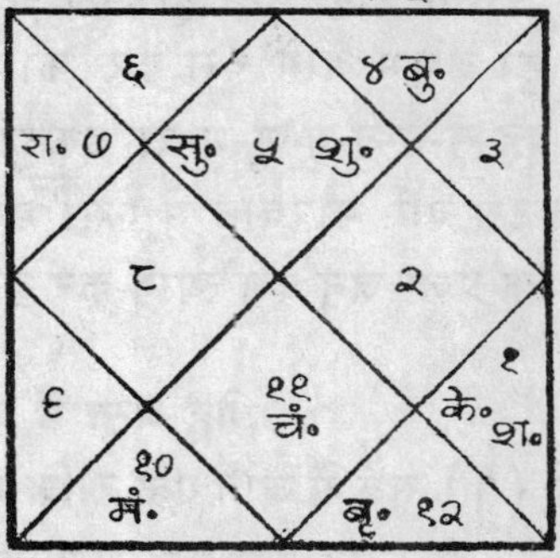

सू. चं. मं. बु. बृ. शु. श. रा.
४ ५ ४ ८ ६ २ ११
१८ २० २१ २३ ४ ४ १३
मा. मा. ब. मा. मा. व.

सू मं. बु. बृ. शु. श. रा.
४ ८ ३ ११ ४ ० ६
११ ७ २५ १५ १० ६ ८
ब. मा. ब. मा. ब. ब.

(१५) सं० २००२ बि० तदनुसार १ सितम्बर सन् १९४५ ई० को ग्रह स्थिति यह थी कि मिथुन राशि जिसका सम्बन्ध जर्मन देश से है बिगड़ गई अशुभ हो गई यहां मंगल वृष से निकल कर मिथुन में राहू के पीछे पहुंचा इसी से जर्मन के राज्य संचालक नाजी संस्था के नेता हिटलर की हार हो गई और कर्क रास जिसका सम्बन्ध रूस देश से है शुभ हो गई कारण शुक्र शीघ्र गामी ग्रह के पीछे शनि मिथुन से निकल कर पहुंचा है। ३० अगस्त सन् १९४५ ई० से चन्द्रमा वृष में शुक्र के घर और शुक्र कर्क में चन्द्रमा के घर मित्र दृष्टि में हैं इसीलिये रूस की जीत हुई। गुरु कन्या का होकर कर्क पर मित्र दृष्टि और मिथुन पर शत्रु दृष्टि रखता है यहीं सन् १९३९ ई० से छिड़ा महा युद्ध समाप्त हो गया।

(१६) सं० १९५६ वि० में भाद्रपद आस्विन में तुला के गुरु के पीछे मंगल चलता रहा यहां वृश्चिक का शनि मार्गी अशुभ था तथा राहू धन का अशुभ आगे चल कर कार्तिक की पूर्णमाशी में बृश्चिक में सात ग्रह सू-मं-बु-गु-शु-श-रा इकट्ठे हुए और इनसे सप्तम वर्ष में चं-के-थे इस वर्ष मारवाड़ में ऐसा भयानक अकाल अनावृष्टि के कारण पड़ा कि प्रजा जन देश त्याग कर दूर देशों में भिक्षा मांगते फिरे।

गेहूं अन्न में महर्घ समर्घ

सूर्य्य (१) सूर्य से आगे एक राशि में यदि चन्द्रमा हो तो समर्घता होती है। यह फल १२ अंश के अन्तर एक होता है। 'दोनों ग्रह यदि एक नक्षत्र में हों तो अच्छा मंदा (समर्घता) आता है।

सू. मं. (२) सूर्य से आगे एक राशि में मंगल के होने से महर्घता (मंहगा) अन्नादि में आती है और सूर्य के पीछे मंगल होने से समर्घता होती है। देखो सं. १९८८ टिप्पणी– दोनों ग्रहों में जितना थोड़ा अन्तर होगा वैसा ही फल भी बलवान होगा दोनों ग्रह एक राशि एक ही नक्षत्र में होने से फल विशेष रूप से करते हैं और सूर्य्य के आगे चलता हुआ ग्रह यदि शुभ राशि का होगा तो अशुभ फल अर्थात महर्घता अधिक नहीं करेगा। ऐसा सर्वत्र जानना यदि दोनों के बीच चन्द्रमा आ जावे तो मंदी समहर्घता रहेगी। प्रमाण–संवत् १९८८ बि. सरदियों में ऐसा ही हुआ जब तक सूर्य्य के आगे मंगल रहा तो गेहूं में महर्घता रही और सूर्य के पीछे मंगल के होने से समर्घता (मंदी) हो गई।

सू० बु० (३) सूर्य से आगे एक रास में बुध उदय के चलने से अन्न

गोधूम मंदा होता है और अस्त हुआ बुध सूर्य के आगे चलता हुआ गोधूम इत्यादि अन्न मंहगा (तेज) करता है।

सूर्य के पीछे अस्त हुआ बुध यदि मार्ग अवस्था में हो तो श्रेष्ट समर्घता (मंदा) गोधूम इत्यादि अन्नों में करता है और वक्रावस्था से सूर्य के पीछे बुध के होने से थोड़ा मंदा करता है। तेजी प्रायः समाप्त हो जाती है, सूर्य के आगे से जब बुध ग्रह बक्री होकर सूर्य के सामने चलता है तो जब तक अस्त नहीं होता गोधूमादि अन्न में समर्घता मंदा करता है और अस्त होने के पश्चात बक्री हुआ बुध महर्घता करता है, और यह मंहगाई जब तक चलती है जब तक कि सूर्य से बुध पीछे नहीं हो जाता, मार्ग अवस्था में सूर्य्य के पीछे उदय हुआ बुध तब तक महर्घता (महंगा) करता है जब तक कि अस्त नहीं हो जाता।

प्रमाण—सं. १९९४ बि. भाद्रपद कृष्ण गोधूम का भाव भाद्रपद कृष्ण ५ से ७ तक ही ३। − ।। से ३। ≡)।। हो गया। यहां सिंह के सूर्य के आगे बक्री और अस्त हुआ बुध है, यह अवस्था सूर्य और बुध की बड़ी अशुभ है। बुध अपने उच्च कन्या में जाने वाला था परन्तु बक्री होने के कारण बहुत अशुभ हो गया। यहां धन के बक्री गुरु की मित्र दृष्टी थी जिससे कि मंहगाई नहीं होनी चाहिये थी। परन्तु महर्घता नहीं रुकी कारण गुरु बुध सूर्य तीनों ही की दशा बिगड़ रही है।

सू. बृ. (४) सूर्य्य के आगे एक राशि में गुरु हो तो गोधूम अन्नादि में महर्घता होती है। यदि सूर्य के पीछे एक राशि में गुरु चले तो समर्घता (मंदा) अन्नादि में हो सूर्य व गुरु में जितना कम अन्तर होगा और बृहस्पति अस्त तथा एक ही नक्षत्र में हो तो उतना अधिक फल मंदे तेज का होगा। प्रमाण सं. १९८९ वि. भाद्रपद।

सू. शुं. (५) सूर्य्य से शुक्र आगे एक राशि में हो तो गोधूम इत्यादि अन्नों में मंदी (समहर्घता) होती है। यदि सूर्य के पीछे शुक्राचार्य हों तो अन्नादि गोधूम में महर्घता (तेजी) होती है। शुक्र के मार्गी अवस्था में चलते हुये ऊपर लिखे अनुसार फल होगा यदि बक्रावस्था से सूर्य के आगे शुक्र आये तो महर्घता (तेजी) हो और इसी बक्रावस्था से जब सूर्य से शुक्र पीछे निकलेगा तब तेजी (महर्घता) समाप्त होकर सुभिक्ष मंदा होगा। कारण शुक्र के सूर्य से आगे बक्री होने पर शुक्र के आगे के मार्ग में सूर्य हो जावेगा यदि शुक्र बक्रावस्था से सूर्य के आगे चल रहा हो और इसी बीच में सूर्य नक्षत्र बदल कर आगे बढ़े तो मंदा समर्घता हो कारण कि सूर्य क्रूर ग्रह को सौम्य शुक्र आगे मिला।

प्रमाण–सं. १९८९ बि. आसाढ़ में सूर्य से पीछे शुक्र चला तो गोधूम में महर्घता (तेजी) आई तथा सं. १९८९ ज्येष्ट शुक्ल सूर्य से शुक्र आगे था। वर्षा व समहर्घता (मंदी) आई अन्नादि में।

सू. श. (६) सूर्य्य से शनि एक राशि में आगे हो तो गोधूम अन्नादि में महर्घता (तेजी) आवे, यदि सूर्य्य के पीछे शनि चले तो मंदी (समहर्घता) होवे । सूर्य व शनि में जिस कदर दूरी थोड़ी होगी इसी कदर फल भी अधिक बलवान होगा यदि शनि अस्त हो और सूर्य तथा शनि एक ही नक्षत्र में हों तो मंदा तेज दोनों ही बलवान होंगे । प्रमाण सं. १६८६ माघ कृष्ण ।

सू. रा. के. (७) सू० सें राहु तथा केतु में से कोई भी ग्रह आगे हो या पीछे हो गोधूम इत्यादि अन्नों में समहर्घता आती है राहु से सूर्य के आगे होने पर विशेष रूप से मंदा आता है । प्रमाण सं. १६८८ ।

चं० मं० (१) चन्द्रमा के आगे मंगल ग्रह के होने से गोधूमादि अन्नों में महर्घता (तेजी) और चन्द्रमा के पीछे भोम के चलने पर गोधूमादि मंदे समहर्घ होते हैं । यदि वक्रगति से चलता हुआ भोम आगे आवे चन्द्रमा के तो इस दिन तेजी विशेष होती है और पश्चात बक्री भोम से चन्द्रमा के आगे हो जाने पर मंदा थोड़ा आता है । प्रमाण सं. १६८८ व १८८६ व १६६० ।

चं० बु० (२) चन्द्रमा से आगे के मार्ग में एक राशि एक नक्षत्र में जब बुध ग्रह गमन करता है तो गोधूमादि अन्न तेज होते हैं और पीछे के मार्ग में जब बुध आता है तो मँदा होता है । विशेष रूप से जब बक्री चलता हुआ सूर्य के आगे एक राशि एक नक्षत्र में तेजी कर रहा हो और दोनों

के मध्य चन्द्रमा आ जावे ऐसा अमावश पर होता है। तो मंदे का झटका आ जावेगा अपितु कोई भी दो ग्रह एक राशि में रहते हुये तेजी कर रहे हों उनके मध्य चन्द्रमा के आने पर मंदे का झटका लगेगा। प्रमाण सं १९८८।

च० बृ० (३) चंद्रमा से आगे एक राशि में गुरु ग्रह के होने से गोधूमादि अन्नों में विशेष रूप से तेजी आती है और गुरु के आगे चन्द्रमा के गमन करने पर मंदा होता है। बक्री गुरु के पीछे जब चन्द्रमा चलता है तो अधिक तेजी होगी और फिर गुरु से चन्द्रमा के आगे निकल जाने पर मंदा थोड़ा होगा।

चं० शु० (४) चन्द्रमा के आगे एक राशि में शुक्र के होने से तेजी होती है और **शुक्र** ग्रह के आगे जब चन्द्रमा होगा तो मंदा आयेगा। वर्षा काल में शुक्र के आगे चन्द्रमा के होने से **प्रबल वर्षा होती है।**

चं० श० (५) चन्द्रमा से आगे शनि देव के होने पर तेजी अन्नादि में होती है और शनि के आगे चन्द्रमा के होने पर मंदा आता है।

चं० रा० के० (६) चन्द्र देव राहु व केतु के गमन करता हुआ आगे चले अथवा पीछे चले, मंदाही करता है।

मं० बु० (१) मंगल से बुध पीछे के मार्ग में एक राशि में होकर चले तो गेहूं आदि अन्न में महर्घता चले, यदि मंगल बक्री

हो तो और अधिक महर्घता हो और यदि मंगल मार्गी के आगे आग बुध ग्रह चले तो श्रेष्ट मंदा अन्नादि में आवे। मंगल बक्री चलता हुआ बुध से पीछे निकलने पर थोड़ा मंदा करता है। प्रमाण सं. १९९१ प्रथम बैशाख।

मं० बृ० (२) भोम ग्रह बृहस्पति के पोछे चले तो अन्नादि में महर्घता आती है और गुरु के आगे मंगल के चलने पर मंदा अच्छा आता है यदि मंगल बक्री हो और इसको सामने बृहस्पति मार्गी आता हुआ मिले तो अधिक महर्घता अन्नादि में आवे और बक्रो मंगल पीछे निकले गुरु से तो मंदा थोड़ा आवे। प्रमाण सं १९९० ।

मं० शु० (३) भोम से आगे एक राशि में शुक्र हो तो गेहूं आदि अन्न मंदे हों और यदि भोम के पीछे शुक्र हो तो अन्नादि मंहगे हों। शुक्र के आगे बक्री चलता हुआ मंगल जो अन्नादि में तेजी करता है वह मंगल जब शुक्र से पीछे निकलेगा तो मंदा थोड़ा करेगा। प्रमाण सं. १९९०।

मं० श० (४) मंगल के आगे शनि के चलने से अन्नादि में महर्घता आती है। और मंगल के पीछे शनि ग्रह के चलने से मंदा होता है सं. १९९० ।

मं. रा. के. (५) मंगल के आगे अथवा पीछे राहु या केतु हों तो अन्नादि पदार्थ मंदे होते हैं। राहु या केतु के आगे होने पर अच्छा मंदा आता है सं. १९९४ ।

बु. बृ. (१) बुध के आगे एक राशि में होते हुये गुरु देव चलें तो

गेहूं आदि अन्न में अच्छी महंगाई होती है। और यदि गुरु ग्रह बुध के पीछे चलें तो सुन्दर मंदा अन्नादि में आवे।

बु. शु. (२) बुध के आगे शुक्र के चलने से अन्नादि में मंदा आता है और बुध के पीछे शुक्र हो तो महंगाई आती है। बुध बक्री हो, ओर सामने शुक्र आ रहा हो तो मंदा होगा और यदि बुध बक्री चल रहा है इसके सामने जो शुक्र मार्गी आ रहा है यह शुक्र नक्षत्र बदलकर आगे बढ़े तो महंगाई करे। इसका कारण यह है कि शुक्र को नक्षत्र बदलते समय आगे बुध मिला और शुक्र के आगे बुध होने से महंगाई होती है। ऐसा सर्वत्र समझना।

बु. श. (३) बुध के आगे शनि हो तो मंदा अन्नादि में आवे और शनि यदि बुध के पीछे हो तो महंगाई होती है।

बु. रा. के. (४) बुध से राहु या केतु आगे हों तो अन्नादि महंगे हों और बुध से राहु या केतु पीछे हों तो थोड़ा मंदा अन्नादि में आवे। यदि बुध बक्री होकर राहु या केतु के आगे चले तो श्रेष्ट मंदा आवे।

बृ. शु. (१) बृहस्पति के आगे आगे शुक्राचार्य के चलने पर अन्नादि मंदे होते हैं। ओर यदि गुरु के पीछे शुक्र चले तो महर्घता अन्नादि में आवे। प्रमाण संवत १९८९ कार्तिक सं. १९९० भाद्रपद।

बृ. श. (२) बृहस्पति से शनि के आगे होने पर श्रेष्ट महर्घता अन-

नादि में आती है। और यदि बृहस्पति से शनि पीछे चले तो अन्नादि में श्रेष्ट मंदा आवे। प्रमाण-सं. १९७८।

बृ. रा. के (३) बृहस्पति से राहु अथवा केतु पीछे निकले तो थोड़ा मंदा अन्नादि में आवे और यदि बृहस्पति के आगे के मार्ग में राहु या केतु हों तो अच्छी महंगाई अन्नादि में आवे। बक्री गुरु के पीछे राहु या केतु चलें तो अच्छा मंदा अन्नादि में आवे।

शु० श० (१) शुक्र से एक राशि में शनि ग्रह आगे हो तो गेहूं आदि अन्न में महर्घता आती है। और शुक्राचार्य से शनि ग्रह पीछे चले तो समहर्घता अन्नादि। में होती है। बक्री शुक्र जब शनि से पीछे निकलता है तो मंदा थोड़ा आता है। शुक्र बक्री को आगे शनि मिले तो महंगाई अधिक होती है।

शु० रा० के० (२ शुक्र से आगे राहु केतु के होने से महंगाई और शुक्र से राहु केतु के पीछे होने पर मंदा होता है।

श रा. के (१) शनि से राहु केतु के आगे होने पर मंदा और शनि से राहु केतु के पीछे निकलने पर थोड़ा तेज हो यदि किसी समय राहु केतु से शनि बक्री होकर पीछे चले तो श्रेष्ट मंदा आवे।

प्लुटो-इन्द्र-वरुण-इन तीनों मंद गति से चलने वाले ग्रहों में से किसी के भी आगे सू. चं. मं. बु. बृ. शु. श. रा. के. में से कोई भी ग्रह आगे होने से समहर्घता (मंदा) और पीछे चलने

पर महंगाई हर एक वस्तु में आती है।

सारांश यह है कि मंगल गुरु शनि राहु केतु के आगे के मार्ग में सूर्य चन्द्रमा शुक्र शीघ्र गामी ग्रहों के चलने पर गेहूं आदि अन्नों में समहर्घता होती है। संसार में सुन्दर समय होता है। सर्व साधारण प्राणी आनंदपूर्वक रहते हैं। श्रेष्ट वर्षा होती है।

और इन मन्द गति ग्रहों मं. बृ. श. के पीछे के मार्ग में सू चं. शु. के गमन करने पर गेहूं आदि अन्नों में विपरीत फल अर्थात् महर्घता होती है। प्रथम तो वर्षा होती ही नहीं यदि किसी दूसरे कारण वश होती है तो वह बहुत ही बड़ी हानि करने और दुख देने वाली होती है। संसार में दुख प्रद घटनायें होती हैं, राजा प्रजा में अशान्ति के कार्य होते हैं। वायु अग्नि के प्रकोप होते हैं, यह उदाहरण मैं दूसरे पृष्टों पर लिख चुका हूं।

बुध तथा शनि के सम्बंध में यह विशेषता है कि बुध ग्रह शीघ्र गामी होने पर भी जब शनि के पीछे चलेगा तो गेहूं में मंदा करेगा और शनि के आगे बुध के गमन करने पर गेहूं में महर्घता आती है। शेष दूसरी घटनाओं में सूर्य चन्द्र शुक्र के साथ रहता है। अर्थात् मं. गुरु. श. के पीछे बुध के चलने पर अशुभ फल और बुध यदि आगे चले मं गु. श. के तो शुभ फल सुन्दर वर्षादि होते हैं। राहु केतु के आगे अथवा पीछे सूर्य मंगल चन्द्रमा के चलने पर गेहूं में मंदा ही आता है और राहु केतु से बुध गुरु शुक्र के आगे चलने पर मंदा और पीछे के गमन से तेजी होती है। निष्कर्ष यह है कि बुध के साथ शनि और राहु केतु के साथ सू. चं. मं. का सम्बंध छोड़ कर

शेष ग्रहों में मंद गति ग्रह से शीघ्र-गामी ग्रह आगे होने पर गेहूं आदि मंदे तथा शुभ फल और मंद ग्रहों के पीछे शीघ्र-गामी ग्रहों के चलने से महर्घता अशुभ फल होते हैं । अशुभ फल उस स्थान पर होगा जिस राशि में यह अशुभ ग्रह भ्रमण कर रहे हैं और यह राशि जिस देश से सम्बंधित है। बुध के पीछे शुक्र अशुभ फल करता है। अशुभ वर्षा अर्थात् खड वृष्टि वायु बिजली ओले के प्रकोप के साथ होती है और बुध से शुक्र के आगे होने पर मंदा, सुन्दर वृष्टि शुभ फल होते हैं।

मंगल से बृहस्पति शनि के आगे होने पर अशुभ फल, राज्य, क्रान्ति, यान दुर्घटनादि, अवर्षण, वायु, अग्नि प्रकोप होते हैं । गुरु से शनि के आगे होने पर भी ऐसा ही होता है और मंगल के पीछे गुरु व शनि के चलने पर मंदा सुन्दर वृष्टि शुभ फल शान्ति होती है । ऐसा ही गुरु के पीछे शनि के गमन पर भी शुभ फल, वर्षादि होते हैं। राज्यों में शान्ति संधि होती है राजाओं में महायुद्ध गुरु देव का अशुभ चार होने से होता है। गुरु का मार्ग जब शनि अथवा राहु केतु से भ्रष्ट हो जावे तो महा युद्ध राजाओं द्वारा होता है युद्ध उन स्थानों पर होगा जिनकी राशि का गुरु अशुभ हो गया है। और उस राशि का राशि विभाजन संख्या ५ चक्र में नाम है ।

गोधूम महर्घ समहर्घ के कुछ उदाहरण

(१) सं. १९७८ आषाढ़ी ही से और वर्षा काल में गुरु के आगे बक्री शनि था । सुन्दर वर्षा होने पर भी भारी तेंजी गोधूम में आई और गोधूम एक रुपये का साढ़े तीन सेर तक हो गया । इसी गोधूम का भाव सं. १९७७ आश्विन में एक रुपये का सात सेर था ।

(२) सं. १९९० श्रावण भाद्रपद मंगल कन्या में ३७ कला से चल रहा था और इसके पीछे २ बृहस्पति १२ कला से शीघ्र चल रहा था। गेहूं के बीजक का भाव मंदा होकर ३।।।) से ३ ‾ मन हो गया।

(३) सं. १९९० भाद्रपद कृष्ण ११ से भाद्रपद शुक्ल ११ तक शुक्र के पीछे गुरु शीघ्रता से चल रहा था। कन्या में थे गेहूं के बीजक ३। ‾) से मदे होकर २।। ‾) मन हो गये।

(४) सं. १९९० आश्विन अमावस की समीप कन्या रास में सूर्य के आगे अस्त हुआ बुध और इसके आगे गुरु था गेहूं का भाव तेज होकर २।। ‾) ।। से २।।। ।। मन हो गया। अमावश को घोर वर्षा भी हुई यहां सूर्य के आगे बुध तेजी करता था और बुध के आगे गुरु तेजी करता था।

(५) सं. १९९० कार्तिक मंगल से शक्र आगे निकला यह मंदे का जोग बन गया और सूर्य के पीछे गुरु चला, यह भी मंदे का योग बन गया। इसी कारण गेहूं का भाव २।।।)।।। से मंदा होकर २। ‾ ।। मन हो गया।

(६) सं. १९९१ बैशाख में गेहूं का भाव २ =)। से महगा होना प्रारम्भ हुआ मंगल के पीछे बुध चल रहा था। इसके पश्चात् कन्या के गुरु से सप्तम मीन में बुध हो गया, यह भी महर्घता का जोग था। प्रथम बैशाख की पूर्णिमा को भाव २।≡) का था यहां पर कन्या के गुरु से सप्तम मीन में शुक्र पहुंचा भाव गेहूं महंगा होकर २।।। ‾) मन हो गया।

(७) सं. १९९१ बैशाख शुक्ल में अस्त हुआ बुध बृष में था, इसके पीछे सूर्य पहुंचा यहां महर्घता होनी चाहिये थी। परन्तु नहीं हुई कारण कन्या का गुरु मित्र दृष्टि से देख रहा था। ऐसे ही सर्वत्र ध्यान रक्खो।

(८) सं. १९९० फाल्गुण में सूर्य के आगे मगल था। बृहस्पति तुला पर बक्री हु । इससे गुरु पंचम दृष्टि से सूर्य मंगल को देखने लगा। भाव गेहूं का २।≡) से मंदा होकर चैत्र शुक्ल ७ सं. १९९१ तक २=)॥ पहुंचा बीच में बक्री बुध अस्त होकर सूर्य के आगे भी आया परन्तु गेहूं महंगा नहीं हुआ।

(९) सं. १९९१ आषाढ़ शुक्ल में महगाई के दूसरे योग भी थे। शनि कुम्भ से बक्री होकर मकर में पहुंचा।यहां कन्या के गुरु से पंचम नवम् का दृष्टि सम्बंध था। यहीं से वर्षा भी प्रारम्भ हो गई तथा गोधूम का भाव २।॥ ‾) से मंदा होकर २॥ ≡) मन हो गया। यहां पर मंगल के पीछे शुक्र था, जो कि महंगा करता था परन्तु मंदा ही रहा।

(१०) सं १९८९ बैशाख शुक्ल अष्टमी को मकर का शनि स्वक्षेत्री जो कि बक्री हुआ सप्तम कर्क में गुरु सुन्दर था, तो गेहूं महंगा होना प्रारम्भ हुआ और ज्येष्ट कृष्ण ४ तक २।≡) से बढ़कर २।॥ ‾) हो गया। यहां पर शनि सुन्दर बक्री होने स अशुभ हो गया; दोनों ग्रहों के मार्गी रहने तक सप्तम का योग तेजी नहीं कर सका। कारण दोनों ग्रह स्वक्षेत्री होने से शुभ हैं।

(११) सं. १९९४ आषाढ़ में मेष पर शुक्र अशुभ था और सप्तम तुला में अशुभ मंगल गेहूं में महगाई होकर भाव आषाढ कृष्ण ७

तक गेहूं ३ ‾) से ३॥ =)॥। तक पहुंचा दूसरे य ग मंदे के थे अर्थात सूर्य के पीछे अस्त हुआ बुध था, परन्तु मंदा नहीं हुआ।

(१२) यह ध्यान अवश्य रखना चाहिये कि यदि ग्रह अधिक अशुभ हो गये हों तो फल भी अधिक ही अशुभ होगा जैसे कि सं. १९९१ बैशाख में कन्या के गुरु से सप्तम मीन में बुध पहुंचा तो गेहूं का भाव २ =)। रु० मन से २॥। ‾) रु० मन हो गया। गुरु तथा बुध दोनों ही अशुभ राशियों में सप्तम के अशुभ सम्बंध से थे, ऐसे ही सदैव जानो।

(१३) सं १९९४ ज्येष्ट शुक्ल १४ से प्रथम मेष में शुक्र अशुभ था और इससे सप्तम तुला पर मंगल बक्री होने से शुभ हो रहा था। इसी लिए कुछ भी तेजी गेहूं में नहीं हुई परन्तु ज्येष्ट शुक्ल १४ से जब कि मंगल मार्गी होने से तुला में अशुभ हो गया तो तेजी भी प्रारम्भ हो गई और गेहूं आषाढ़ कृष्ण ७ तक तेज होकर ३॥ =)॥। हो गया । सारांश यह है कि यदि ग्रह आगे पीछे हों अथवा प्रतियोग अर्थात सप्तम हों जब तक अशुभ नहीं होंगे अशुभ फल नहीं करेंगे।

(१४) सं १९९४ आषाढ़ शुक्ल ११ से मंगल अपनी राशि बृश्चिक में बृष स्वक्षेत्री शुक्र से सप्तम पहुंचा तो सप्तम के योग के कारण गेहूं महंगा होना चाहिये था, परन्तु हुआ थोड़ा मंदा इसका कारण ही मंगल व शुक्र दोनों स्वक्षेत्री होने से शुभ सुन्दर हैं इसी लिये शुभ फल मंदा ही किया और आगे चलकर दूसरे और मंदे के ग्रह आने से गेहूं का भाव मंदा होकर श्रावण कृष्ण ५ तक ३।≡) हो गया। श्रावण कृष्ण ६ को शुक्र मिथुन में धन के

गुरु से सप्तम हो गया। गेहूं में थोड़ी महर्घता होकर भाव ३॥ ‾)। तक पहुंचा इसी तरह श्रावण शक्ल ६ तक कई बार नीचे में गेहू ३। ≡ । और ऊंचा ३॥ ‾)। तक होता था श्रावण शुक्ल १ से शुक्ल ८ तक पश्चिमी वायु भी चलती रही। प्रबल वेग से वायु चला और पश्चिमी उत्तर प्रदेश तथा पजाब में वर्षा नहीं हुई। खेती में बहुत हानि दीखने लगी श्रावण शुक्ल १० को सूर्य सिंह में उदित बुध के पीछे पहुंचा ऋतु भी बदल गया और धान्य में भी मंदी आई। अच्छा मंदा गुरु शुक्र के सप्तम योग की वज से नहीं आया भाद्र द कृष्ण २ से शुक्र कर्क में गुरु के सप्तम से हट कर चला गया। कहीं कहीं वर्षा भी आरम्भ हो गई और गेहूं भी भाद्र पद कृष्ण ३ तक ३। ‾)॥ हो गया।

(१५) १९८४ सं. भाद्रपद कृष्ण ५ से भाद्रपद शुक्ल २ तक गेहूं मार्गशीर्ष का भाव ३। =)॥। से महंगा होकर ३॥ =) तक पहुंचा। यहां पर सिंह का बुध बक्री होकर सिंह के सूर्य के आगे चला, बुध के बक्री होने पर मंदा होता है, और जब बुध अस्त हो जावे तब से महंगा होता है। यहां बक्री होते ही इस कारण महंगाई हो गई कि बुध जो कि अपने उच्च कन्या में जाने वाला था इससे प्रथम ही बक्री हो जाने से निराशा ने घेर लिया, इसलिये अस्त होने से पहले ही अशुभ हो गया और महंगाई प्रारम्भ हो गई। यहां पर धन के गुरु की मित्र दृष्टि थी। इसी कारण अधिक महर्घता नहीं हुई दूसरे भाद्रपद कृष्ण ८ को राहु से मंगल आगे निकला तो गेहूं का भाव ३। ≡)। से मंदा होकर ३। =)। हो गया।

(१६) सं १९८४ भाद्रपद शुक्ल में गुरु मार्गी धन राशि में होकर

मकर अपने नीचे की तरफ जाता है। यहां इसे महर्घता करनी चाहिये तथा मंगल भी गुरु के पीछे पहुंचा यह भी महर्घता का योग बना। शुक्र सिंह में बुध के पीछे आया यह भी महर्घता का योग था। परन्तु महर्घता केवल यह आई कि गेहूं ३।≡)॥ से ३॥‾)॥ तक पहुंचा इसका कारण यह था कि गुरु स्व-क्षेत्री के पीछे मंगल का मार्ग अशुभ नहीं होता और सुन्दर बुध मार्गी होने से कन्या की तरफ चलने से शुभ हो गया है। गति भी बुध की अधिक होती जा रही है। शुक्र जो कि सिंह का सुन्दर नहीं होता इस शुक्र के मार्ग में शुभ बुध कोई बाधा नहीं कर रहा इसी से महर्घता नहीं हुई तथ्य यह निकला कि यदि शीघ्र गामी ग्रह के आगे जो मंद गति ग्रह गमन करने पर महर्घता करते हैं इनमें यदि आगे चलने वाला ग्रह सुन्दर राशि का होने से शुभ हो तो साधारण महर्घता होकर फिर महर्घता नहीं होती ऐसा ही प्रतियोग अर्थात एक ग्रह से दूसरा ग्रह सप्तम होने पर यदि मंद गति ग्रह शुभ हो अर्थात स्व-क्षेत्री तथा उच्चादि का हो तो महर्घता केवल राशि चार करते समय थोड़ी होकर फिर नहीं होगी। यदि ग्रह प्रति योग करने वाले सुन्दर शुभ हों अच्छा मंदा आ जाता है।

स. १९९४ माघ में महर्घता के योग होने पर भी महर्घता नहीं आई कारण यह था कि गुरु मकर में शनि के घर और शनि मीन में गुरु के घर मित्र दृष्टि में हैं, यह राशि सम्बध का योग बलवान होता है।

(१७) यदि महर्घता करने वाले दो ग्रहों के मध्य चन्द्रमा आ जावे तो निश्चय मंदा कर देता है। कारण कि दोनों के मध्य चन्द्रमा

के आने से महर्घता का योग भंग हो गया जैसे आश्विन शुक्ल ८ सं १९९४ में धन ३ गुरु व मंगल के बीच चन्द्रमा के आने से गेहूं का भाव ३। ≡) मे ३। =) कर दिया इसके पश्चात शुक्र कन्या में बुध के पीछे गया तो भाव फिर ३। ≡) हो गया। इसके पश्चात बुध अस्त होकर सूर्य के पीछे चला तो भाव मंदा होकर ३। ‾) मन हो गया।

(१८) सं १९९६ तदनुसार १९३९ ईसवी जिसमें कि जर्मन देश की फ्रांस, इगलैंड, रूस, अमेरिका इत्यादि देशों से दूसरी बड़ी लड़ाई (युद्ध) हुई प्रथम श्रावण शुक्ल ८ को बुध बक्री व अस्त हुआ सूर्य के कर्क के आगे चला इसी समय शुक्र भी कर्क में सूर्य के पीछे पहुंच गया। यह योग महर्घता और अवर्षण का था। यह योग द्वितीय श्रावण कृष्ण ३ तक रहा यहां तक भाव गेहूं २॥ ‾)॥ से २॥।)। तक पहुंचा, इस समय गुरु मीन का बक्री होकर सूर्य बुध, शुक्र को सुन्दर मित्र दृष्टि से देख रहा था। परन्तु महर्घता नहीं रुकी कारण गुरु बक्री होने से अशुभ हो गया।

(१९) सं. १९९८ भाद्रपद कृष्ण ७ शुक्र कन्या में पहुंचा सप्तम मीन का मंगल था यहां महर्घता होनी चाहिये थी परन्तु नही हुई और गेहूं का भाव ४ =)॥ के आस पास घूमते रहे कारण यह कि मंगल मीन का सुन्दर था। इसने शुक्र जो कि नीच का होंने से प्रथम ही अशुभ है शुक्र को कुछ भी अशुभ नहीं किया, इसलिये महर्घता नहीं हुई। परन्तु भाद्रपद शुक्ल १ को जब मंगल बक्री होकर अशुभ हो गया, तो गेहूं में महर्घता प्रारम्भ हो गई। और राज्य के दबाव डालने पर भी भाव नहीं

ठहरे गेहूं का भाव भाद्रपद शुक्ल ११ तक ४।।) हो गया। भाद्रपद शुक्ल १२ को बुध के कन्या में मंगल से सप्तम पहुंचने के कारण और महर्वता आ गई।

(२०) सं. १९९८ पौष शुक्ल १३ में मंगल मेष में शनि बक्री जो कि २९ अंश पर मंगल से बहुत दूर है पहुंचा। यहां गेहूं का भाव ४ ≡) से बढ़कर ४।)।। हो गया। यह थोड़ी महर्घता इसलिये आई कि शनि मेष नीच पर बक्री होने से शुभ है, दूसरे मंगल शनि को अन्तर बहुत है पौष को पूर्णिमा को बुध्र मकर में शुक्र के पीछे पहुंचा तो भाव फिर मंदा होकर ४ ≡) हो गया।

(२१) सं १९९८ फागुण कृष्ण ६ सूर्य से बुध बक्रावस्था में पीछे निकलकर बक्री शुक्र के पीछे पीछे मकर में चला तो गेहूं का भाव समान पड़ा रहा कारण शनि के पीछे मगल महर्घता करता है और बुध शुक्र मंदा करते हैं। भाव गेहूं ४ ≡)।। के आस पास पड़े रहे अलबत्ता इंगलैंड पर जर्मनी के बम वी० टू का बर्षण भारी मात्रा में रहा जर्मनी इस अस्त्र को अपनी राजधानी बर्लिन से ही लंदन शहर पर छोड़ता था। यह फल मंगल के आगे मेष में शनि का था मेष का प्रभाव इंगलैंड देश पर है मंगल शनि के अशुभ में विस्फोट पदार्थों का उपयोग अधिक होता है।

(२२) सं. २००० माघ कृष्ण १ को उड़द (माष) १०।।।≡) से मंदा होकर सायं १०।।।‾) बंद हुआ कारण राहु के पास चन्द्रमा पहुंचा इसने मंदा किया पहले दिन भाव ११‾) था।

गुड़ शर्करादि मीठे पदार्थों का महर्घ समहर्घ प्रकरण

गोधूम इत्यादि अन्न और गुड़ शर्करादि मीठे पदार्थों में जो महर्घता तथा समहर्घता का भेद ग्रहों द्वारा आगे पीछे के गमन करने में है। उसी भेद को मैं प्रारम्भ करता हूं विस्तार रूप मे ग्रहों के आगे पीछे का फलादेश गोधूमादि अन्नों के पाठ में लिखा जा चुका है। यहां केवल सार रूप में उसको लिखता हूं।

इस तथ्य को सदैव स्मरण रखिये कि मंद गति ग्रह से यदि शीघ्र गामी ग्रह आगे आगे चले तो गुड़ शर्करादि पदार्थ समहर्घ (मंदे) होते हैं और मंद गति ग्रह से शीघ्र गति ग्रह पीछे पीछे चलें तो महर्घता (महंगाई) गुड़ादि में आती है। मंद गति ग्रह यदि नीचादि राशि का होकर अधिक अशुभ हो रहा होगा और इसके पीछे पीछे चलने वाला ग्रह स्वक्षेत्री इत्यादि शुभ राशि का होकर शीघ्र गति ग्रह हो तो अधिक महर्घता आती है। उदाहरण जैसे मेष का मार्गी शनि हो और मार्गी भौम इसके पीछे गमन करे तो अधिक महर्घता गुड़ में आवेगी और जैसे जैसे अन्तर कम होगा। तैसे तैसे महर्घता बढ़ती रहेगी कारण अशुभ शनि ने स्वक्षेत्र में गमन करने वाले भौम का मार्ग अशुभ कर दिया है। इससे भोम अति दुखित है और भौम की अवस्था बिगड़ गई है इसलिये अधिक महर्घता होगी और यदि मंद गति ग्रह शुभ हो तथा इसके पीछे चलने वाला ग्रह शीघ्र गामी ग्रह भी शुभ राशि स्वक्षेत्री इत्यादि का हो तो केवल एक दिन जब कि शीघ्र गामी ग्रह राशि अथवा नक्षत्र बदल कर मंद गति ग्रह के पीछे पहुंचेगा तो उसी दिन महर्घता करेगा, अन्यथा नहीं उदाहरण जैसे गुरु धन राशि स्वक्षेत्री होकर मार्गी रूप से हो और भौम भी

मार्गी रूप में गुरु के पीछे जाये तो केवल एक दिन महर्घता होकर फिर नहीं होगी कारण गुरु भी शुभ है और भौम भी उच्चभिलाषी होने से श्रेष्ट है। इसलिये महर्घता नहीं होगी केवल एक दिन महर्घता इसलिये कि मंद गति ग्रह के पीछे शीघ्र गति ग्रह के चलने पर महर्घता होती है और पश्चात महर्घता इसलिये नहीं कि शुभ गुरु ग्रह से शुभ भौम का मार्ग अशुभ नहीं होता इसलिये इसका प्रभाव किसी प्रकार भी अशुभ नहीं, ग्रहों का प्रभाव जिस दशा में खोटा नहीं होता तो मनुष्यों के मन पर भी इसका प्रभाव अशुभ नहीं होता प्राकृतिक हालात भी सुन्दर रहेंगे ऐसा सर्वत्र जानो।

गुड़ शर्करादि में मंद गति व शीघ्र गति ग्रह प्रकण

मंद गति और शीघ्र गति प्रकरण पहले आ चुका है इसमें अन्नादि तथा गुड़ शर्करादि में जो भेद है वह लिखता हूं।

(चन्द्रमा) चन्द्रमा सभी शेष ग्रहों से शीघ्र-गामी है यह (चन्द्रमा) किसी भी ग्रह से पीछे होने पर महर्घता और आगे गमन करने पर मंदा करता है।

(सूर्य्य) से चन्द्रमा बुध शुक्र शीघ्र-गामी हैं इन तीनों के आगे सूर्य हो तो महर्घता और चन्द्रमा बुध शुक्र से सूर्य के पीछे होने से गुड़ शर्करादि में समहर्घता होती है। सूर्य से मंगल गुरु शनि राहु केतु मंद गति हैं इनके पीछे सूर्य के चलने पर महर्घता तथा इसके आगे सूर्य हो तो समहर्घता आती है।

(मंगल) मंगल से बृहस्पति व शनि राहु केतु आगे हों तो गुड़ शर्करादि महगे होते हैं और यहीं चारों ग्रह मंगल से पीछे चल तो मंदा करते हैं।

(बुध) बुध से चन्द्रमा शुक्र आगे हों तो समहर्घता और चन्द्र शुक्र दोनों बुध के पीछे चलें तो महर्घता गुड़ शर्करादि में हो, यदि बुध से शेष ग्रह सूर्य मंगल गुरु शनि राहु केतु आगे के मार्ग में हों तो महर्घता हो और बुध इन छः ग्रहों से आगे हो तो समहर्घता (मंदा) गुड़ शर्क रादि में आवे।

(बृहस्पति) गुरु से सूर्य, चन्द्र, मंगल, बुध, शुक्र आगे हों तो मंदा यदि यह पांच ग्रह पीछे हों तो महर्घता गुड़ शर्करादि में आवे और गुरु शनि राहु केतु से आगे हो तो महर्घता और बृहस्पति से शनि राहु केतु के पीछे चलने पर मंदा गुड़ शर्करादि में आवे।

(शुक्र) शुक्र से चन्दमा आगे हो तो मंदा और शुक्र से चन्द्रमा के पीछे होने पर महर्घता आती है। शुक्र से शेष ग्रह सू., मं., बु., बृ., श., रा. के. के आगे होने पर महर्घता तथा इन्हीं सात ग्रहों के शुक्र से पीछे होने पर मंदा गुड़ शर्करादि में आता है।

(शनि) शनि से सू., चं., मं, बु., बृ शु,, के रा के ग्रहों के आगे होने पर मदा तथा शनि से इनके पीछे होने पर महर्घता गुड़ शर्करादि में आती है।

(राहु केतु) से शनि आगे हो तो महर्घता और राहु केतु से शनि पीछे हो तो मदा गुड़ादि में आवे शेष ग्रह सू., चं. मं., बु., बृ., शु. यदि राहु केतु से आगे हों तो मंदा और पीछे होने पर महर्घता गुड़ादि में हो।

नोट:—आधुनिक तीन ग्रह प्लुटो, वरुण तथा इन्द्र पुरातन नौ ग्रहों से मंद गति हैं इनके आगे होने पर महगाई और पीछे होने से मंदा होता है।

गुड़ शर्करादि महर्घ समर्घ के कुछ उदाहरण

(१) सं. २००५ तदनुसार सन् १९४८ ई० २९ जौलाई मध्यान २ बजे से गुड़ में महर्घता प्रारम्भ होकर १०।।। =। से ३० जौलाई सन् १९४८ ई० तक ११।)।। हो गया। यहां पर कर्क राशि में सूर्य के पीछे बुध अस्त हुआ था इस पर बृश्चिक के गुरु की सुन्दर मित्र दृष्टि होने के कारण अधिक महर्घता नहीं आई और भाव फिर मंदा होकर १०।। ≡) हो गया। इसके पश्चात जब सूर्य से बुध आगे हो गया तो मंदा होकर ११ अगस्त सन् १९४८ ई० तक भाव १० ≡)। तक पहुंचा १२-८-४८ में बुध सिंह में शनि के पीछे पहुंचा तो गुड़ में महर्घता होकर १३-८-४८ तक भाव गुड़ १०।। ‾)। तक पहुंचा और १४-८-४८ को शनि से बुध के आगे होने पर फिर मंदा आरम्भ हुआ भाव इसी दिन १०।)। हो गया। १६-८-४८ से सूर्य सिंह में शनि के पीछे गया तो महर्घता प्रारम्भ होकर २१-८-४८ तक १०।।। =) तक पहुंचा इसके पश्चात शनि से सूर्य आगे हो गया और गुड़ भी मंदा होकर २४-८-४८ में १०। =)। हो गया। इसके पश्चात तुला के केतु के पीछे मंगल के पहुंचने पर गुड़ फिर महंगा होकर १०।।)।।। हो गया यहां शनि के आगे सूर्य बहुत सुन्दर है, इस लिये भाव मंदा होकर १० ≡) तक पहुंचा।

इससे यह स्पष्ट हो गया कि सूर्य के पीछे बुध अस्त अवश्य गुड़ महगा और आगे होने पर मंदा करता है, बृहस्पति की सुन्दर मित्र दृष्टि मंदे का प्रभाव करती है। ऐसे ही शनि के पीछे बुध या सूर्य हों तो महर्घता तथा शनि से सूर्य बुध के आगे होने पर मंदा होता है।

(२) १-९-४८ ई० रात्रि में शुक्र कर्क में गुरु की सुन्दर दृष्टि में पहुंचा २-९-४८ ई० प्रात से गुड़ १०।≡)। से रात्रि तक १०=)॥ और चांदी १६२) रुपये से १५७) रुपये तक पहुंची अर्थात यदि गुरु की सुन्दर मित्र दृष्टि पंचम या नवम की शुक्र पर हो तो गुड़ व चांदी दोनों में समहर्घता आवे।

(३) सं. २००५ ता० १९-९-४८ में बुध तुला में केतु के पीछे गया गुड़ महंगा होकर २९-९-४८ तक १०।‾) से महंगा होकर १०।।।‾)॥ तक गया।

(४) सं २००५ ता-१-१०-४८ ई० शुक्र सिंह में शनि के पीछे गया चांदी इसी दिन महंगी होकर १५१) रु० से १५६) रु० आठ आने तक तेज हो गई। यहां पर धन में गुरु था जिसकी मित्र दृष्टि थी परन्तु मंदा नहीं हुआ और ७-१०-४८ तक चांदी १६३) रु० तक पहुंची और इसके पश्चात जब शनि से शुक्र आगे हुआ तो चांदी में मंदा आया। सारांश यह कि शनि के पीछे शुक्र के होने पर चांदी महंगी और शनि से शुक्र आगे हो तो चांदी मंदी करता है।

(५) सं. २००५ गुरु के नक्षत्र पुर्वा षाढ़ पर बुध पहुंचा तो गुड़ महंगा होकर १०=) हो गया। इसके पश्चात २१-१२-४८ में

गुरु से बुध हो गया आगे तो गुड़ मंदा होकर २२-१२-४८ तक भाव ६।।।) हो गया अर्थात यह सिद्ध हो गया कि गुरु से बुध के आगे होने पर मंदा और गुरु से बुध पीछे हो तो महंगा गुड़ होता है।

(६) सं. २००५ मंगल के पीछे धन राशि में बुध के चलने पर गुड़ व चांदी दोनों में महर्घता आई २८-१२-४८ को बुध उत्तराषाढ़ मंगल के नक्षत्र पर पहुंचा तो गुड का भाव महंगा होकर १०।=)।। हो गया और चांदी भी महंगी होकर १६८) रु० हो गई। इसके पश्चात १-१-४६ ई० में मकर के मंगल से बुध आगे निकला तो गुड़ व चांदी दोनों में श्रेष्ट मंदा आ गया। निष्कर्ष यह निकला कि मंगल से बुध के आगे होने पर गुड़ व चांदी मदी और मंगल से बुध के पीछे चलने पर महंगाई आती है।

(७) सं. २००५ धन के गुरु के पीछे ६-१-४६ ई० में शुक्र गया तो गुड़ का भाव महंगा होकर ६।)।। से ६।।।=)।। हो गया और चांदी भी १६७) रु० से १७४) रु० हो गई। तथ्य यह कि गुरु के शुक्र पीछे होने पर गुड़ चांदी में महर्घता तथा गुरु से शुक्र के आगे चलने पर मंदा रहता है।

(८) सं. २००५ सूर्य के आगे मकर में बुध बक्री व अस्त होकर चल रहा था तो २८-१-४६ ई० तक ।।=) प्रति मन गुड़ महंगा हो गया। इसके पश्चात सूर्य से बुध के पीछे निकलने पर मंदा हुआ फिर शुक्र मकर में गया जिसको आगे बक्री बुध मिला गुड़ महगा होकर १०।।।=)।। से ३१-१-४६ ई० को ११≡) हो गया अर्थात सूर्य यदि बुध के आगे हो और शुक्र के आगे बुध

हो तो गुड़ महंगा और विपरीत होने पर मंदा होता है।

(९) स. २००५ शुक्र से बक्री बुध तो पीछे निकल गया और मकर के शुक्र को आगे सूर्य मिला तो ८-२-४९ ई० से १२-२-४९ ई० तक गुड़ का भाव ११) रु० से महंगा होकर ११।।।=) रु० मन हो गया और इसके पश्चात १४-२-४९ ई० से बुध मार्गी होकर शुक्र के पीछे मकर में चला गुड़ में मंदा आया और भाव ११।।।=) से ११।।≡) हो गया। इससे यह सिद्ध हो गया कि सूर्य के पीछे शुक्र के चलने से महर्घता गुड़ में आती है और शुक्र के पीछे बुध के चलने पर मंदा होता है।

(१०) सं. २००५ मकर के बुध के पीछे गुरु चला तो २१-२-४९ ई० से चांदी में मंदा प्रारम्भ हुआ और भाव चांदी १८५) रु० से २३-२-४९ ई० तक १७६) रु० हो गया। इसके पश्चात २४-२-४९ ई० को शुक्र कुम्भ में सूर्य के पीछे पहुंचा तो चांदी फिर महंगी होनी आरम्भ हो गई इससे यह सिद्ध हुआ कि बुध के पीछे गुरु के चलने पर मंदा होता है और सूर्य के पीछे शुक्र के चलने पर चांदी महंगी होती है।

(११) सं २००५ कुम्भ में आगे मंगल इसके पीछे सूर्य और इसके पीछे शुक्र था। सप्तम सिंह में शनि बक्री था गुड़ बैशाख में अच्छी महर्घता आई गुड़ बैशाख का भाव २३-२-४९ ई० के पश्चात १३।।।) से महंगा होकर १४।।।) हो गया और जब यह योग टूटा तो मंदा आया।

(१२) सं. २००६ असोज कन्या का बुध बक्री हुआ यहां अच्छी महर्घता होनी चाहिये थी परन्तु थोड़ी महर्घता होकर फिर भाव

गिर गये कारण मकर में गुरु बक्री होकर बहुत सुन्दर हो रहा था। इस सुन्दर गुरु की कन्या के बुध पर सुन्दर मित्र दृष्टि होने से महर्घता नहीं हुई परन्तु २०-६-४६ को मकर का गुरु मार्गी होकर बहुत अशुभ हो गया और सप्तम कर्क नीच में मार्गी भौम है। इससे मंगल गुरु का अशुभ सम्बंध बना और कन्या का बुध बक्री अस्त होकर सूर्य के आगे आगे २७-६-४६ तक है अर्थात यह भी अशुभ है। यहां पर गुड़ १२=) से महंगा होकर १७-६-४६ से २७-६-४६ ई० तक १३॥≡) पहुंचा। चांदी १५२) रु० से १६६॥) रु० हा गई २७-२-४६ ई० को जबकि सूर्य से बुध पीछे निकला तो भाव गुड़ कुछ मंदा हुआ और गुड़ १३।‾)॥ चांदी १६६॥) हुई चूंकि भोम व गुरु अभी सप्तम प्रति अशुभ योग से ही गति कर रहे हैं इस लिये गुड़ फिर महंगा होकर १५-१०-४६ ई० तक १५॥।‾ तक और चांदी १७२) रु० पहुंची। यहां बहुत स्थानों पर रेल दुर्घटना अग्नि कांड भूमि डोल इत्यादि दुर्घटनायें होती रही। एक ऐतिहासिक घटना यह हुई कि १६, २०, २१ सितम्बर सन् १६४६ ई० में भारत इगलैंड इत्यादि कई देशों के राज्यों ने बैंक व चैम्बर का कारोबार बंद कर दिया। इसका कारण यह कि भारत इंगलैंड अमरीका ने अपने सिक्के की कीमत कम कर दी यह ध्यान रहे कि पाकिस्तान ने अपने रुपये का मूल्य कम नहीं किया इससे पाकिस्तान को पीछे बड़ा कष्ट उठाना पड़ा था। भारत के १४४) रु० का मूल्य पाकिस्तान में १००) रु० था परन्तु इससे पाकिस्तान के व्यापार को बहुत हानि पहुंची और साधारण लोगों को भारत से व्यापार में उलटा भारत के रुपये का मूल्य अधिक मानना पड़ता था। यह सब अशुभ दुर्घटनायें बुध भोम गुरु

गुरु के अशुभ होने से हुई १४-१०-४९ को दोपहर से जब भौम सिंह में गुरु के सप्तम से हटा तब गुड़ में अच्छा और चांदी में साधारण मंदा आया ।

(१३) सं. २००६ मंगल कन्या में आगे केतु अशुभ और सप्तम राहु मीन का अशुभ १२-१२-४९ ई० से हुआ इसी दिन से गुड़ में महर्घता होकर १४≡) से बढ़कर १७-१२-४९ तक १५≡)। तक हो गया और दूसरे साधारण मंदे के योगों का प्रभाव नहीं हुआ यहां मकर नीच के गुरु के आगे शुक्र था तथा धन के बुध अशुभ के पीछे सूर्य होकर मंदा कर रहा था परन्तु आई महर्घता इसका कारण यह बना कि शुक्र मंद गति हो गया है और बक्री होने की अवस्था में कुछ दिन पश्चात इसको आगे गुरु मिलेगा बुध भी धन का निर्बली है। राहु केतु के अशुभ होने से मंगल बहुत अशुभ हो गया इसलिये महर्घता का योग बलवान रहा ।

(१४) सं २००६ सिंह का शनि १-१-५० ई० में बक्री होकर बहुत अशुभ हो गया ३-१-५० ई० को शुक्र भी बक्री हुआ जिसके मार्ग में आगे नीच मकर का गुरु है दोनों श्रवण पर हैं। गुड़ का भाव महंगा होकर १४।।।=)।। से १७) रु० १-१-५० ई० से ५-१-५० तक हो गया और चांदी भी १७०) रु० से १७६) रु० हो गई ५-१-५० ई० को मंगल व केतु एक ही नक्षत्र हस्त में थे। इन सब अशुभ योगों का प्रभाव यह हुआ कि मुजफ्फर नगर की व्यापार संस्था ने ६-१-५० ई० से व्यापार बन्द कर दिया ९-१-५० ई० से यह प्रतिबन्ध गुड़ पर लगाकर कि गुड़ का भाव १७।।) रु० से ऊपर नहीं होगा व्यापार

आरम्भ कर दिया यह सब इसलिये हुआ कि शनि बक्री होकर निर्बल कर्क की दिशा में जाता है और शुक्र बक्री के मार्ग में नीच मकर का गुरु एक ही नक्षत्र श्रवण में है। मंगल के आगे केतु कन्या का अशुभ एक ही नक्षत्र हस्थ में है यहां पर फागुण का व्यापार बंद करके गुड़ बैशाख का व्यापार प्रारम्भ किया गया परन्तु उसमें भी महर्घता चल पड़ी और गुड़ बैशाख का भाव ६-२-५० ई० तक २८ =) रु० प्रति मन तक हो गया। बीच बीच में थोड़ा थोड़ा मंदा ऐसे आया कि गुरु से बक्री शुक्र पीछे निकला तो मंदा आया परन्तु फिर शुक्र बक्री को आगे मकर सूर्य मिला तो महगाई आ गई। इसके पश्चात सूर्य से शुक्र पीछे निकला तो कुछ मंदा आया परन्तु फिर सूर्य को आगे गुरु मिल गया अन्त में ७-२-५० ई० को मंगल बक्री होकर केतु के आगे आगे चला तो गड़ का भाव २८ =) से मंदा होकर ६-२-५० ई० तक २५।।) रु० प्रति मन हो गया लोगों में यह महर्घता मशहूर हो गई।

(१५) सं २०१० में तुला के सुन्दर शनि के पीछे २८–६–५३ ई० में बुध पहुंचा मटर व गवार दोनों अन्न मंदे हो गये इससे यह सिद्ध हो गया कि जैसे शनि के पीछे बुध के पहुंचने पर गोधूम मंदा होता है ऐसे ही गंवार व मटर भी मंदे होते हैं।

(१६ सं २०१० मंगल बृश्चिक का स्वक्षेत्री था इससे सप्तम बृष का बृहस्पति १२-२-५४ ई० को मार्गी हुआ तो गुड़ में इसी दिन से महर्घता प्रारम्भ हो गई और १३-२-५४ ई० तक १४।।‾)।। से १५≡)।। हो गया। यह महर्घता इस लिये आई कि बृष का गुरु अशुभ होता है। गुरु मार्गी होते ही

अपने बृष के वास्तविक अशुभ रूप में हो गया इसके पश्चात दूसरे मंदे योगों के होने के कारण मंदा होकर भाव १-३-५४ ई० तक १४।)॥ तक पहुंचा और वर्षा भी हुई। यहां कुम्भ के शुक्र के पीछे सूर्य चल रहा था २-३-५४ ई० में भौम ज्येष्ठा पर पहुंच कर गुरु से सप्तम का पूर्ण जोग बन गया। दोनों की अंशात्मिक प्रति रूप का योग १६-३-५४ ई० तक हो गया गुड़ भी महंगा होकर १७।¯) तक पहुंचा अंशात्मिक प्रति योग के टूटने पर अर्थात गुरु से भौम के अंश अधिक होने पर मंदा हुआ और गुड़ का भाव १७-३-५४ ई० में १६॥¯)॥ हो गया। चूंकि दोनों ग्रह हैं सप्तम ही इसी लिये फिर महर्घता प्रारम्भ हो गई और भाव १८।॥=) तक पहुंचा इससे यह सिद्ध हुआ कि यदि भौम से सप्तम अशुभ गुरु हो तो गुड़ में भारी महर्घता होती है।

(१७) सं. २०११ तुला के शनि के पीछे बुध २२-९-५४ ई० को पहुंचा पहले मिथुन के गुरु की मित्र दृष्टि जो शनि पर थी वह कर्क का गुरु होने से शत्रु दृष्टि में परिवर्तित हो गई थी इसलिये २२-९-५४ ई० से गुड़ में महर्घता प्रारम्भ होकर भाव १३–) से १४=)। तक पहुंचा अर्थात शनि के पीछे बुध महर्घता करता है।

(१८) सं २०११ मंगल मकर अपने उच्च में ९-१०-५४ ई० को आया सप्तम गुरु अपने उच्च कर्क में था थोड़े दिनों भाव सामान्य पड़े रहकर गुड़ में मंदा प्रारम्भ हुआ और भाव गुड़ १४) रु० से मंदा होकर १०) रु० पहुंचा। सिद्ध यह हुआ कि यदि मंद गति ग्रह गुरु सुन्दर शुभ राशि का होकर मंगल

से सप्तम हो तो समहर्घता करता है ।

(१९) सं २०११ शुक्र बृश्चिक अशुभ से निकलकर धन के राहु अशुभ के पछे पहुंचा ३१-१-५५ ई० को गया केवल =) मन की महर्घता आकर मंदा प्रारम्भ हो गया जो कि २-२-५५ ई० तक ।।) मन का मंदा गुड़ में रहा अर्थात भाव गुड़ १० ¯)।। से मंदा होकर ९।। ¯)।। तक पहुंचा कारण १ व २-२-५५ में बृष का चन्द्रमा होकर मंदे का सुन्दर योग यह बना कि शुक्र के घर बृष में उच्च का चन्द्रमा और चन्द्रमा के घर मित्र दृष्टि का उच्च का गुरु तथा गुरु के घर धन में सुन्दर शुक्र है, यही मंदे का कारण था ।

(२०) सं. २०११ गुरु कर्क से बक्री होकर ३-२-५५ ई० में मिथुन में केतु के पीछे गया । ४-२-५५ ई० में चन्द्रमा भी जब केतु से आगे होकर गुरु के पीछे गया तो गुड़ में अच्छी महर्घता आ गई । रात्रि में जब चन्द्रमा पुर्नवसु गुरु के नक्षत्र पर गया तो गुड़ फाल्गुण ९।। ≡) से बढ़कर १०।) हो गया और १०-२-५५ ई० तक गुड़ फागण १०।।। =) तक पहुंचा यह ध्यान रहे कि गुरु से प्रति योग में सप्तम शुक्र भी धन का राहु के सामने है अर्थात यह महर्घता केतु के पीछे और शुक्र से सप्तम गुरु के पहुंचने के कारण हुई ।

(२१) स. २०११ मगल अपने घर मेष में १६-२-५५ ई० को आया सप्तम तुला में उच्च का शनि है गुड़ बैशाख का भाव १०।।। =)। से महंगा होकर १७-२-५५ ई० तक ११ ≡) । = तक पहुंचकर मंदा होना प्रारम्भ हुआ और भाव गुड़ २६-२-५५

ई० तक १०)।।। हो गया। इस स्थिति से यह सिद्ध हो गया कि मंगल व शनि के प्रति य ग से महर्घता तो आई परन्तु दोनों ग्रह मंगल व शनि बहुत सुन्दर दशा में होने के कारण मंदा ही रहा अर्थात पहिले एक दो दिन महर्घता रहने व पश्चात मंदा आ जाता है।

(२२) सं. २०१२ आश्विन कृष्ण ३ गुड़ का भाव महंगा होकर आश्विन कृष्ण १४ तक १०।।।)।। तक पहुंचा चने में भी २) रु० मन की महर्घता आई, देश, जल तथा वायु के प्रकोप से बहुत हानि ग्रस्त हुआ कारण यह था कि उच्च कन्या का बुध बक्री होकर सामने जो शुक्र आ रहा था इससे पीछे निकला तो इसको सामने सूर्य मिला यह महर्घता करता था। इसके पश्चात आश्विन कृष्ण ७ को सूर्य से बुध पीछे निकला तो इस बुध को आगे मंगल मिला इसी कारण महर्घता आई और जब बुध मार्गी होकर मंगल के आगे चला तो आश्विन शुक्ल ४ तक १) रु० प्रति मन का मदा आ गया अर्थात मंगल के आगे बुध के चलने पर मंदा हुआ।

(२३, सं. २०१३ पौष शुक्ल १५ को कन्या पर गुरु बक्री होकर अशुभ था। इसके पश्चात बुध धन पर मार्गी होकर बहुत अशुभ हो गया बुध व गुरु का शत्रुता रखते हुये खोटा राशि सम्बध हो जाने से गुड़ में १।।) रु० प्रति मन की महर्घता आ गई अर्थात बुध के घर गुरु और गुरु के घर बुध शत्रु दृष्टि से हैं यह योग बड़ा बलवान होता है।

(२४) सं. २०१४ कन्या में सूर्य के आगे मंगल और मंगल के आगे

गुरु था तुला में राहु के पीछे शुक्र यहां महर्घता होनी चाहिये थी परन्तु नहीं हुई बल्कि मंदा रहा। इसके पश्चात बुध कन्या में आया तब महर्घता आई और अच्छी महर्घता ७-१०-५७ ई० को जब बुध हस्थ पर मगल के नक्षत्र पर पहुंचा इससे यह सिद्ध हो गया कि कन्या राशि सूर्य मंगल गुरु के लिये कुछ शुभ नहीं जो आगे मंद गति ग्रह के होने पर शीघ्र-गामो को अशुभ करती परन्तु बुध का यह उच्च सुन्दर शुभ है इसी लिये बुध को जब आगे मद ग्रह भौम मिला तो महर्घता आ गई तुला के सुन्दर राहु ने शुक्र को नहीं बिगाड़ा इसी से पहले महर्घता का कोई प्रभाव नहीं हुआ।

(२५) सं २०१४ मार्गशीर्ष शुक्ल ४ तदनुसार २५-११-५७ ई० को प्रात ही बुध धनु मे सौर गणित से चला गया सौर गणित से गुरु तुला में है। बुध व गुरु की दृग्गणित से अशात्मिक मित्र युति आज होने से गुड़ में मंदा रहना चाहिये था बुध जो कि आज धन में शुक्र के पीछे पहुंचा यह योग गुड़ में सुन्दर मंदा करता था परन्तु आज भारी महर्घता गुड़ में आई बहुत दिनों से गुड़ का भाव शान्त पड़ा हुआ था। आज प्रात १२।=)। का भाव गुड़ मुजफ्फर नगर में खुलकर साय ४ बजे तक गुड़ का भाव १२।।।≡) हो गया इससे यह निश्चय सिद्ध हुआ कि गुरु का गणित दृग्गणित से शुद्ध है दृग्गणित से गुरु अभी कन्या में ही चल रहा है। बुध का गणित सौर गणित से ही शुद्ध है यही सदैव ही अनुभव करके देख लिया है बुध ग्रह दृग्गणित से मार्ग शुक्ल ६ तदनुसार २७-११-५७ में मध्यान २ बजे धन में आता है यदि बुध सौर गणित से धन में आज २५-११-५७ को मान लें और दृग्गणित से गुरु कन्या ही में

मानें तो बुध के धन में जाने से यह योग भारी महर्घता का बन गया कि बुध के घर अशुभ गुरु कन्या का और गुरु के घर धन का बुध शत्रु दृष्टि में अशुभ होने से दूसरे मंदे के योग का प्रभाव न होकर भारी महर्घता एक ही दिन में आई ग्रहों के आगे पीछे के फल से ग्रहों का एक दूसरे के घर में होने का फलां देश ही सर्वत्र बलवान होता है।

(२६) सं. २०१४ सौर गणित से बुध ३०-१-५८ ई० में मकर में गया (सौर से ही बुध शुद्ध चलता है दृग्गणित से अशुद्ध रहता है) आगे बक्री शुक्र आ रहा है गुड़ बैशाख मंदा होकर १२।।।) पहुंचा चूंकि बुध के आगे शुक्र है इस तरह बुध का मार्ग तो सुन्दर होने से मंदा हुआ परन्तु शुक्र बक्री के आगे बुध होने से शुक्र का मार्ग अशुभ होकर महर्घता बनती है। इस तरह मंदे तेज दोनों चलते रहते परन्तु दूसरा योग यह बना कि मकर से सप्तम कर्क में बक्री वरुण है जिसका बुध से सप्तम का प्रति योग चल पड़ा है। यह महर्घता का योग बन गया ३-२-५८ ई० को बुध तो अस्त हो गया ६-२-५८ ई० को इन्द्र तुला में बक्री होकर राहु के अंश अधिक होने से राहु के आगे आगे चलने लगा सामने गुरु भी तुला ही में मार्गी आ रहा था गुरु को सामने आगे बक्री इन्द्र से युती योग अशुभ बन गया इसी लिये गुड़ में बड़ी महर्घता आ गई और १४-२-५८ ई० को गुड़ का भाव १५) रु० हो गया १५-२-५८ ई० को गुरु बक्री होकर इन्द्र के आगे आगे चल पड़ा गुड़ में मंदा प्रारम्भ हो गया १८-२-५८ ई० में बक्री इन्द्र के आगे होकर गुरु के पीछे राहु चलने लगा और इस तरह मंद गति इन्द्र के आगे शीघ्र-गामी राहु और इसके आगे शीघ्र-गामी गुरु हो

गया। गुड़ इसी दिन मंदा होकर १४।।) बंद हुआ १६-२-५८ ई० में १४।‾) का भाव हो गया ३-३-५८ ई० में शुक्र मार्गी रूप से श्रवण पर वरुण से सप्तम हुआ यह योग प्रबल महर्घता का बन गया १०-३-५८ ई० में वरुण शुक्र का अंशात्मिक प्रति योग अर्थात अंश तथा राशि में एक दूसरे से ठीक सप्तम हो गये यह बड़ा अशुभ योग बन गया गुड़ भा १५।।।≡) हो गया। इसके पश्चात वरुण शुक्र के अंशों में भेद पड़ने से और शुक्र के अंश अधिक होने से अंशात्मिक प्रति योग टूट गया भाव आज ही मंदा होकर १५।≡)। हो गया इससे यह सिद्ध हो गया कि वरुण कर्क का शुभ सुन्दर होता है तभी तो बक्री होने से अशुभ होकर सप्तम मकर के शुक्र को अशुभ कर दिया और गुड़ चांदी सौना पदार्थों में महर्घता आई आगे चलकर मंगल मकर में उच्च का वरुण से सप्तम पहुंचा १७-३-५८ ई० में गुड़ महंगा होकर १६≡)।। हो गया इसके पश्चात वरुण से शुक्र दूर होता चला गया मंगल भी सुन्दर है महर्घता समाप्त जैसी ही हो गई। इसके पश्चात ३१-३-५८ ई० शुक्र के कुम्भ में सिंह के बक्री प्लुटो से सप्तम जाने के कारण। ≡ मन का महर्घता आकर फिर मंदा ही चलता गया वजह यह कि शुक्र भी कुम्भ का सुन्दर हो गया और प्लुटो जो कि सिंह का अशुभ होता है बक्री होने से शुभ है अर्थात शुक्र व प्लुटो का प्रति योग शुभ है इसी कारण फिर महर्घता नहीं चली।

(२७) सं. २०१५ शुक्र बृष में इससे सप्तम शनि बृश्चिक में बक्री है जिनकी अंशात्मिक प्रति योग दृष्टि १४-७-५८ ई० को होगी यहां तक यह योग गुड़ में महर्घता करता है। मंगल मीन का कन्या के गुरु मार्गी निर्बली अशुभ से सप्तम का प्रति अंशा-

त्मिक योग १०-७-५८ ई० तक रहता है यह भी गुड़ की महर्घंता का योग है बुध कर्क का वरुण के पीछे ११-७-५८ ई० तक चलता है यह भी गुड़ में महर्घंता करता है इसी बीच ५-७-५८ ई० में शुक्र व वरुण की अंशात्मिक मित्र युति प्रात से सायं तक रही परन्तु गुड़ में मंदा नहीं हुआ कारण यह मित्र दृष्टि परोक्ष होने से निर्बल है। दूसरे चन्द्रमा कुम्भ का होकर शुक्र व शनि का शत्रु और मंगल बुध गुरु से दृष्टि हीन हो गया इसी लिये भाव गुड़ १३।।।=)। निकल कर सायं तक ऊपर में १४।ˉ) तक गया ७-७-५८ ई० को मंगल व शनि की पंचम नवम अंशात्मिक मित्र दृष्टि सुन्दर थी इसमें मंदा होना चाहिये था परन्तु उल्टा आज भी महंगा ही रहा गुड़ १४।ˉ) निकल कर ऊपर में १४।।≡) हुआ और १४।।ˉ) बंद हुआ कारण आज चन्द्रमा मीन का होकर अशुभ गुरु से सप्तम का प्रति योग करने लगा। इसलिये मंगल शनि मित्र युति का कुछ फल नहीं हुआ यह सप्तम अशुभ दृष्टि और बढ़ गई।

(२८) सं. २०१५ बुध कुम्भ में ११-२-५९ ई० को प्रात ही गया यह प्लुटो से सप्तम गया जो कि बक्री है शुक्र भी कुम्भ का है मंगल बृष में सप्तम गुरु बृश्चिक में महर्घंता गुड में कर रहे हैं भाव यहां बहुत ऊंचे १७।ˉ)।। ६-२-५९ ई० में हो चुके हैं। देश की स्थिति बिगड़ती देख राज्य ने गुड़ का सौदा सट्टा फाटका बंद कर दिया बुध का प्रभाव गुड़ पर अधिक है प्लुटो विघ्न कारी ग्रह है दोनों का सप्तम प्रति योग होते ही यह व्यापार बंद हो गया १२-२-५९ को बंद हो गया।

(२९) गुड़ का प्यापार आज २०-७-५९ ई० से फिर चालु हो गया

और भाव निकला १४ रु० ६८ नये पैसे यहां सिंह में प्लुटो के पीछे सुन्दर मंगल चल कर महर्घता करता है बुध भी २३-७-५९ ई० सौर गणित से बक्री रूप से सूर्य के नक्षत्र पुष्य के चौथे चरण पर पहुंचा तो गुड़ का भाव १४ रु० ७० नये पैसे तक पहुंचा यह भाव १४) ५८ नये पैसे से चला इसके पश्चात २५-७-५९ ई० में प्लुटो से मंगल आगे होकर शुक्र के पीछे जो कि सिंह ही में है गया तो गुड़ वायदा में मंदा होकर २७-७-५९ ई० में भाव नीचे १४) ३१ नये पैसे यहां तक गया इस समय बुध बक्री सूर्य के आगे चल कर महघता कर रहा है परन्तु प्लुटो से मगल का आगे होना यह बलवान योग है इसी से यह मंदे का झटका लगा २८-७-५९ को फिर भाव चढ़कर १४) ४७ नये पैसे बंद हुआ और दूसरे दिन फिर महघता होकर ३०-७-५९ ई० तक गुड़ १४) ६० नये पैसे तक गया। इसके पश्चात बुध सौर गणित से सूर्य से पीछे होकर अपने घर मिथुन की तरफ चला तथा मगल जो कि सिंह में प्लुटो के आगे है-मगल से आगे शुक्र के नक्षत्र पुर्बा फाल्गुनी पर पहुंच कर बहुत सुन्दर हो गया तुला में इन्द्र के आगे गुरु है यह भा समहर्घता करता है इसी से गुड़ वादा में मदा होकर ८ ८-५९ ई० तक गुड़ का भाव १३ रु० ६२ नये पैसे तक मदा गया। दृग्गणित से बुध बक्री ५ ८-५८ ई० में सूर्य से पीछे निकला इस दिन भाव १४) १४ नये पैसे निकल कर १४) २४ नये पैसे तक बिका इससे यह सिद्ध हुआ कि बुध सौर स ही शुद्ध है १०-८-५९ ई० में सौर से बुध कर्क का मार्गी हुआ आगे सूर्य है बुध जो अपने घर मिथुन की तरफ जा रहा था मार्गी होने से निराश हो गया। इस कारण गुड़ वायदा तेज होकर १३) रु० ६५ पैसे से भाव खुल कर १३) रु० ८८ पैसे तक हो गया अभी

दृग्गणित से बुध बक्री ही चल रहा है जिसको सूर्य के पीछे अपने घर की तरफ चलने से मंदा ही करना चाहिये था इससे यह सिद्ध हुआ कि बुध सौर से ही शुद्ध है।

(३०, सं २०१६ भाद्र पद तदनुसार ३ सितम्बर सन् १९५९ ई० में गुड़ वादा भाव नीचा १३) रु० ५८ पैसे तक होकर महंगा होता गया और ५ सितम्बर सन् १९५९ ई० में ऊंचा भाव १४) रु० १४ पैसे तक हुआ यहां प्लुटो के पीछे बुध एक ही नक्षत्र मघा में है और सिंह ही में प्लुटो के आगे बक्री शुक्र आ रहा है ४ सितम्बर में प्रात हीं से शुक्र बक्री रूप से मघा में प्लुटो अशुभ के नक्षत्र पर पहुंचा तो अच्छी महर्घता आ गई और ५ सितम्बर तक तेजी ही रही ६ सितम्बर सन् १९५९ ई० में प्रात ही से सौर गणित से प्लुटो से बुध आगे हो गया जिसको सामने बक्री शुक्र मिला इससे बुध बहुत सुन्दर हो गया सर्वत्र वर्षा भी सुन्दर और मंदा भी रहा आज रविवार होने से वायदा गुड़ बंद रहा परन्तु इसका प्रभाव ७ सितम्बर में यह हुआ कि गुड़ वायदा १४) रु० खुला इसी ७ सितम्बर में बुध सौर से अस्त भी हुआ और शुक्र से आगे निकलकर सूर्य के पीछे पूर्वा फाल्गुनी नक्षत्र पर गया परन्तु गुड़ में अधिक तेजी नहीं आई हालांकि यहां शुक्र के आगे प्लुटो है। यह भी तेज करता है कारण अब सिंह सुन्दर का सूर्य होने से बुध को अधिक अशुभ नहीं करता दृग्गणित से ७ सितम्बर दोपहर में प्लुटो से बुध आगे होकर शुक्र के पास पहुंचा परन्तु यहां बजाये मंदे के और थोड़ा तेज आया इससे यह सिद्ध हुआ कि बुध सौर ही से सही है।

सितम्बर में मध्यान में चन्द्रमा बृश्चिक में गुरु के पीछे गया तो गुड़ में अच्छी महर्घता आ गई इसका कारण कन्या में राहु के पीछे मंगल तथा सिंह में सूर्य के पीछे अस्त हुआ बुध एक नक्षत्र में और गुरु के पीछे चन्द्रमा भी चला गया। इसी लिये गुड़ वायदा १४) रु० से १४) २३ तक घंटी बजने तक हो गया यहाँ चीन के साथ सीमा सम्बन्धी भारी विवाद चल रहा है कई हमारी चौकियों पर चीन ने भारत के पूर्वोत्तर में कब्जा कर लिया तथ्य यह निकला कि गुड़ की महर्घता का वास्तविक कारण था सूर्य के पीछे अस्त हुये बुध का गमन बृश्चिक में गुरु के पीछे चन्द्रमा के आने से महर्घता हुई इसको सहायता महर्घता की मिली सूर्य बुध से केन्द्र योग शत्रुता होने से और १२ सितम्बर में धन का चन्द्रमा पूर्ण अंशात्मिक योग त्रिकोण रूप से सूर्य से बनाया तो इसी दिन श्रेष्ट मंदा गुड़ में आया हालांकि दूसरे महर्घता के योग जूं के तूं थे। प्रात भाव १४) ३९ होकर १४) १९ बंद हुआ इससे यह सिद्ध हुआ कि यदि महर्घता के योग को दूसरा महर्घता का योग बनकर सहायता करे तो अधिक महंगाई हो और यदि मंदे की सहायता मिले तो महंगाई में भी मंदा आवे। सौर गणित से बुध १६-९-५९ ई० में दोपहर कन्या में आगे राहु ने उच्च के बुध का मार्ग भ्रष्ट कर दिया गुड़ वायदा १४) ३२ से सायं तक १४) ५९ हो गया और १९-९-५९ ई० में १५) ६६ तक हो गया दृश्य गणित से बुध कन्या में १७-९-५९ ई० में आता है इस प्रकार १६-९-५९ में इतनी महर्घता नहीं आती और १८-९-५९ में सूर्य से बुध आगे होने पर प्रात मदा रहना चाहिये परन्तु १८-९-५९ ई० में प्रात तेज रहा गुड़ १८-९-५९ में प्रात १५) २८ तक होकर फिर मंदा रहा इसका

कारण चन्द्रमा श्रेष्ट तथा बुध गुरु अंशात्मिक मित्र दृष्टि रही इसमें भाव प्रात १५) २८ से १५) ४ तक हुआ।

(३१) सं. २०१६ आश्विन तदनुसार २९ सितम्बर सन् १९५९ ई० प्रात सौर गणित से मंगल से बुध कन्या में आगे निकल कर बहुत सुन्दर हो गया गुड़ वायदा १५) रु० ९८ नये पैसे ऊंचे में होकर मंदा होना प्रारम्भ हो गया और आज सायं १५) ८२ पैसे बद होकर ३० सितम्बर में १५) ६३ पैसे तक बिका यह। यह ध्यान रह कि अधिक मंदा इस कारण नहीं आ रहा कि प्लुटो के पीछे सिह में शुक्र और कन्या में मंगल के पीछे सूर्य सप्तम केतु तेज करते है। दृग्गणित से मंगल से बुध आगे ३० सितम्बर में मध्यान १२ बजे होता है परन्तु मंदा २९ सितम्बर से हो रहा है दृग्गणित से यहां तेज रहता है इसलिये यह सिद्ध हुआ कि बुध सौर गणित से शुद्ध और दृग्गणित से अशुद्ध है ३ अक्टूबर में बुध सौर गणित से तुला में इन्द्र के पीछे अपनी शुभ रास कन्या से मंगल को छोड़ कर जाने से गुड़ में बड़ी महर्घता आई भाव वायदा गुड़ पहले दिन १५) रु० ८२ पैसे बंद हुआ था आज १६) १५ पैसे तक बिका देसी खांड ४२) रु० प्रति मन से ५६ रु० प्रति मन तक बिक्री दृग्गणित से बुध तुला में ४ अक्टूबर की रात्रि में गया परन्तु ५ अक्टूबर में तेज की उपेक्षा मंदा रहा अर्थात नीचे में १५) ८८ बिका इससे यह पूर्ण रूप से सिद्ध हो गया कि बुध का गणित सौर से ही शुद्ध है।

(३२) सं. २०१६ वि. माघ कृष्ण २ तदनुसार १६ जनवरी सन् १९६० में गुरु सौर गणित से धनु राशि में मंगल के पीछे

जाता है और शुक्र २१ जनवरी में सायं धनु में गुरु के पीछे गया। इस तरह से गुड़ वायदा में १६ जनवरी से २१ जनवरी तक श्रेष्ट समहघता रहनी चाहिये थी परन्तु ऐसा नहीं हुआ दृग्गणित से शुक्र गुरु की अंशात्मिक युति २१ जनवरी में सायं हुई यहां तक महर्घता रही और २२ जनवरी को प्रात ही से महर्घता अच्छी इस कारण आ गई कि पहली रात्रि में शुक्र धनु में मगल के पीछे गुरु को त्याग कर पहुंचा भाव गुड़ जो पहले दिन १६) २३ बंद हुआ था आज १६) ५० तक गया और फिर दृग्गणित से आज २२ जनवरी सायं गुरु के धनु में शुक्र के पीछे जाने के कारण २३ जनवरी में मंदा रहकर भाव १६) २६ तक गया इससे यह सिद्ध हो गया कि गुरु शुक्र दृग्गणित से शुद्ध हैं आकाश में भी मैंने ऐसा ही देखा।

(३३) सं. २०१६ फाल्गुण कृष्ण २ तदनुसार १४ फरवरी सन् १९६० ई० को मंगल मकर में पहुंचकर बहुत सुन्दर हो गया इसके पश्चात १५ फरवरी सन् १९६० ई० को शुक्र मकर में मंगल के पीछे गया यहां गुड़ में अच्छी महर्घता आनी चाहिये थी दूसरे ग्रह साधारण थे परन्तु केवल गुड़ वायदा में शुक्र के मकर में जाने पर सब ८, १० पैसे की महर्घता होकर १६ ७५ का भाव हुआ और फिर मंदा होकर सायं १६) ५८ तक गिर गया इसका कारण था मंद गति ग्रह मंगल जो कि आगे है बहुत ही श्रेष्ट है और इसके पीछे शीघ्र-गामी ग्रह शुक्र सामान्य राशि मकर में है इसके दूसरे दिन १६ फरवरी में मंगल शुक्र अंशात्मिक युति हुई परन्तु भाव में मंदा ही गया अर्थात प्राय १६) ६५ खुलकर १६) ५० तक हुआ-यह सब परिणाम मंगल सुन्दर और शुक्र जो कि महर्घता करता है सामान्य हैं

इससे यह सिद्ध हुआ कि यदि सामान्य राशि के शीघ्र-गामी ग्रह के आगे सुन्दर राशि का मन्द गति ग्रह होगा तो तेजी नहीं होगी।

(३४) स. २०१६ फाल्गुण तदनुसार १७ फरवरी सन् १९६० ई० प्रात ही से मकर के सुन्दर मंगल से सामान्य राशि मकर का शुक्र आगे निकला यह मंदा करने वाला योग था पहली पसर से मंगल राहु केतु मित्र युति एक अंश में प्रारम्भ है यह भी मंदे का योग है सूर्य गुरु अंशात्मिक मित्र युति भी आज है यह भी मंदा करे राहु केतु शुक्र की अशात्मिक मित्रता भी आज है परन्तु मंदा केवल थोड़ा जैसा यह आया कि गुड़ वायदा थोड़ा मंदा खुल कर थोड़ा मंदा हुआ अर्थात भाव १६) ५४ खुलकर १६) ५० होकर ऊंचा ही गया और ऊपर में १६) ६५ तक पहुंचा। इसका कारण आज बुध ग्रह सूर्य को छोड़ कर पूर्वा भाद्रपद नक्षत्र पर गया यह तेज करता है तथा शुक्र जो कि मंगल से आगे हुआ है अशुभ वरुण वक्री कर्क का सप्तम है इसी कारण थोड़ा मंदा प्रात रहकर फिर तेज भी थोड़ा ही आया और शाम को १६ ५६ बंद मंदा ही हुआ।

(३५) स. २०१६ तदनुसार २० फरवरी सन् १९६० ई० पहली रात्रि में सूर्य शतभिषा पर पहुंचा आगे कुम्भ पूर्वा भाद्रपद पर बुध है इसी दिन प्रात गुड़ वायदा खुला १६) ४२ और सायं तक मंदा होकर १६) ४ तक बिका इसका कारण बुध के पीछे कुम्भ में सूर्य का गमन करना है सप्तम सिंह में प्लुटो है इससे तेज होता परन्तु सिंह पर प्लुटो वक्री होने से शुभ है इसलिये इसका फल तेज का न होकर सूर्य का बुध के पीछे चलना मंदा

ही किया ।

(३६) सं २०१६ तदनुसार २ मार्च सन् १९६० ई० बुध कुम्भ के पुर्वा भाद्रपद नक्षत्र पर बक्री हुआ और इस तरह केतु के आगे बुध चला केतु भी पुर्वा भाद्र पर है बुध का गमन मकर राशि की तरफ होने से गहुत सुन्दर हो गया सप्तम सिंह में प्लुटो है। जो कि बक्री होने से बहुत शुभ है और इस तरह से बुध व प्लुटो का प्रति योग बहुत शुभ हो गया और बुध के आगे जो अशुभ सूर्य गुड़ इत्यादि का जो तेज करता है वह न होकर श्रेष्ट मंदा गुड़ में आ गया अर्थात गुड़ वायदा पहले दिन १५) ८१ बंद हुआ था यह मंदा होकर १२ मार्च सन् १९६० ई० को १४) ४७ यहां तक पहुंचा और फिर १४ मार्च की रात्रि में बुध बक्री रूप से केतु के नक्षत्र पू भा से हटकर शर्ताभषा नक्षत्र पर पहुंचा तो १५ मार्च को सायं तक गुड़ वादा का भाव १५) १० तक पहुंचा इससे यह सिद्ध हुआ कि केतु के आगे के मार्ग में बुध के चलने से गुड़ में मंदा आता है।

(३७) सं. २०१७ आषाढ़ तदनुसार २९ जून सन् १९६० ई० प्रात ही से सिंह के चन्द्रमा के आगे मार्गी प्लुटो और सिंह के राहु के आगे भी प्लुटो है इस तरह राहु व चन्द्रमा दोनों का मार्ग प्लुटो ने भ्रष्ट कर दिया गुड़ वायदा में महर्घता रही भाव गुड़ १४) २ खुलकर ऊपर १४) १४ तक बिका तेजी पहले दिन ही से जबकि चन्द्रमा सिंह में पहुंचा चल रही थी यानि २८-६-६० ई० में सिंह का चन्द्रमा होने से पहले भाव था १३) ७६ और फिर तेज होकर २८-६-६० ई० ही में हुआ १३) ९९ परन्तु २९-६-६० ई० में दोपहर में जब प्लुटो से चन्द्रमा

आगे निकल कर राहु तथा प्लुटो के मध्य होकर राहु के आगे प्लुटो होने से जो महर्घता चल रही थी। इस योग को भंग कर दिया तो गुड़ वायदा में मंदा आ गया और भाव गुड़ १४)१४ से मंदा होकर १४) २ हो गया और ३०-६-६० ई० में भी यह योग होने से बक्री बुध जो अस्त हुआ जो कि गुड का तेज करता था अधिक तेजी नहीं आई अर्थात प्रात १४)६॥ भाव निकलकर ऊपर में १४)२२ पैसे तक हुआ हालांकि चन्द्रमा आज राहु के निकट हो गया था। इसी योग में आसाम में ब्रह्म पुत्र नदी में जल प्रपात से हानि पहुंची भारत के उत्तर में सिंह का प्रभाव है इस तरह यह सिद्ध हुआ कि दो ग्रह यदि महर्घता कारक हों और उनके मध्य चन्द्रमा आ जावे तो मंदा आ जाता है।

(३८) सं. २०१७ आषाढ़ शुक्ल ७ तदनुसार १ जौलाई सन् १९६० ई० पहली रात्रि से चन्द्रमा कन्या में बुध के घर तथा बुध बक्री व अस्त हुआ कर्क में चन्द्रमा के घर मित्र दृष्टि से एक दूसरे के घर में हुये इसका फल यह हुआ कि गुड़ में स्थिति महर्घता की बन रही थी वह समाप्त होकर आज मंदा रहा और गुड़ पहले दिन जो १४)१७ बंद हुआ था। आज मंदा खुला १४)१२ और नीचे में १४)१ हुआ तथा १४ २ बंद हुआ और २ जौलाई में १३)९४ खुल कर नीचे में १३)९१ तक हुआ अर्थात इस योग में ३१ पैसे का मंदा आया परन्तु फिर ऊंचा होकर सायं १४)२२ पैसे तक पहुंचा इसका कारण बुध बक्री होकर अस्त हो गया है तथा सिंह में राहु के आगे प्लुटो है सारांश यह कि यदि ग्रह मित्र दृष्टि में एक दूसरे की राशि में हो तो शुभ फल और मंदा होता है।

(३९) सं. २०१७ श्रावण तदनुसार १८ जौलाई सन् १९६० ई० ं
प्रात से चन्द्रमा बृष में शुक्र के गृह में और शुक्र कर्क में चन्द्रम
के घर में मित्र दृष्टि में आने से वायदा गुड़ में श्रेष्ट मंद
आया भाव १४) ६५ पैसे खुल कर प्रात मंगल व वरुण क
चतुर्थ दशम की अंशात्मिक युति शत्रु युति होने से तेज होक
भाव १४)७३।। पैसे हुआ और फिर चन्द्र शुक्र का ऊप
लिखा सुन्दर सम्बंध होने से गुड़ का भात्र आज ही मंदा होक
१४)५३ पैसे तक पहुंचा १९ जौलाई प्रात चन्द्र शुक्र अंशा
त्मिक युति होने से प्रथम मंदा भाव १४)५२ पैसे निकल
और फिर मित्र युति समाप्त होने से महर्घता आकर भा
१४)६० पैसे तक पहुंचा परन्तु चूंकि चन्द्र शुक्र का मि
दृष्टि का राशि सम्बंध अभी है इसीलिये फिर भाव मंद
होकर १४)४५ पैसे तक आज पहुंचा २० जौलाई में भ
ऊपर लिखा चन्द्र शुक्र का मित्र सम्बंध है। इसी कारण आ
भी दूसरे तेजी के योग होने से तेज हुआ प्रात १४) ५८ पै
खुल कर ऊंचे में १४) ७० पैसे होकर फिर आज ही मंद
होकर १४) ४७ पैसे तक हो गया ऊपर के योग से यह सि
हो गया कि यदि ग्रह मित्र दृष्टि से एक दूसरे के घर में ह
तो शान्ती तथा मंदा हो।

(४०) स. २०१७ तदनुसार अगस्त सन् १९६० ई० में सिंह में प्लुट
के पीछे शुक्र और राहु के आगे प्लुटो तथा हर्शल के पीछे बु
इत्यादि महर्घता करने वाले योग होने पर भी समहर्घता गु
इत्यादि पदार्थों में रही ३० जौलाई मध्यान से चन्द्रमा तुल
में शुक्र के घर तथा शुक्र कर्क में चन्द्रमा के घर १ अगस्त त
शत्रु सम्बंध से होने के तेज होना चाहिये था परन्तु रहा मं

अर्थात ३०-७-६० में ऊंचा भाव १४)६३।। पैसे होकर गुड़ १-८-६० ई० तक नीचे में १४)४१ पैसे हो गया । इसका कारण धन राशि में गुरु के पीछे शनि गमन कर रहा है और ३०-७-६० ई० से गुरु की गति शनि से कम हो गई है जिससे गुरु शीघ्रगामीं ग्रह के पीछे मंद गति ग्रह शनि के चलने से पूर्ण फल मंदा करने का हो रहा है और दूसरे छोटे ग्रहों के तेज करने का फल कुछ नहीं हो रहा दूसरे गुरु जो इस समय अति शुभ हो रहा है इसकी सुन्दर मित्र दृष्टि भी सिंह राशि मे गमन करने वाले तेजो कारक ग्रहों पर पड़ रहीं है यही कारण पदार्थों में मंदे का है परन्तु गुरु के मार्गी होकर चलने से गुरु सुन्दर धन रास के मार्ग में सामने धन ही में शनि बक्री अशुभ आ रहा है । इसलिये यह पूर्ण मंदे का वायु मंडल बदल कर आज २२-८-६० ई० सोमवार में गुड़ का भाव १३) ६५ पैसे से तेज होकर १४)१५ पैस बंद हुआ कारण गुरु बहुत अशुभ हो गया है अधिक वर्षा से बहुत हानि हा गई । कई प्रान्तों में जल प्लाव से बहुत हानि हुई २३-८-६० ई० को भी गुड़ में तेज ही रहा और गुड़ वायदा प्रात १४)१४ पैसे होकर ऊपर में १४)३० पैसे हुआ मध्यान चं श. अंशात्मिक मित्र युति नवम पंचम पर कुल पांच पैसे का मंदा होकर युति समाप्त होते ही फिर तेज हो गया २५-८-६० ई० में शुक्र ऊफा पर गया गुरु की दृष्टि थी परन्तु फिर भी तेज ही हुआ २७-८-६० ई० में तेजी के योगों मे तेजी तो आई और भाव जो प्रथम दिन १४)२७ पैसे बंद हुआ था । आज १४)४५ पैसे तक गया और मदे के ग्रहों में सुक्षम मंदा आया यह सब कारण गुरु धन के स्वक्षेत्री मार्गी को सामने शनि अशुभ बक्री के गमन करने से है और गुरु की सुन्दर पंचम नवम दृष्टि जो

सिंह में स्थित सूर्य बुध राहु शुक्र पर है कोई शुभ फल नहीं कर रही वर्षा से भारी हानि तथा अशुभ घटना हो रही है २९ अगस्त प्रात सौर गणित से बुध पूफा पर राहु के नक्ष पर पहुंचा तो गुड़ का भाव १४) ५३ पैसे तक हो गया औ इसके पश्चात प्लुटो से सूर्य आज ही आगे निकल कर अस्त हुए बुध के पीछे पहुंचा तो गुड़ मंदा होकर १४) ३० पैसे ह गया। ३०-८-६० में सूर्य प्रात ही से बुध के पीछे बुध के नक्ष पूफा पर पहुंचा गुड़ में और मंदा आया और भाव गुड़ १४ १२ पैसे तक ३१-८-६० ई० में पहुंच गया परन्तु इसके पश् चात फिर तेज होना प्रारम्भ हो गया कारण राहु के पी बुध तेज करता है तथा गुरु मार्गी के सामने से बक्री शनि अ रहा है और ३-९-६० ई० में बुध व राहु की युति होने से गु का भाव तेज होकर १४) ३१ पैसे तक पहुंचा और फिर ७ ९-६० ई० तक बुध सिंह में ऊफा पर केतु से सप्तम होक अशुभ था। गुड़ का भाव १४) ४९ पैसे तक गया और चूं ७-९-६० ई० की रात्रि में बुध कन्या पर शुक्र के पीछे ग इसी कारण ८-९-६० ई० में प्रात थोड़ा मंदा १४) ४३ पै होकर फिर तेज रहा इसका कारण बुध व शुक्र में बहु अन्तर है तथा बुध ऊफा पर केतु से सप्तम है धन के गुरु सामने बक्री शनि अशुभ है इसी कारण गुड़ फिर तेज होक ८-९-६० ई० में १४) ५३ पैसे तक गया इसके बाद चूं शुक्र के पीछे बुध बहुत सुन्दर है। इसने मंदा किया गुरु भौ का प्रति योग ११-९-६० ई० में समाप्त हो गया तो गुड़ मं होकर १४) २८ पैसे तक १३-९-६० ई० में हो गया अ फिर हर्शल कर्क से निकल कर अशुभ प्लुटो के पीछे गया गुड़ में तेजी होकर १६-९-६० ई० को ही भाव १४) ५३ पै

तक पहुंचा १६-९-६० ई० में सूर्य भी कन्या में आगे बुध है गुड में इसी कारण मंदा भी रहा ओर नीचे में गुड़ १४)३८ पैसे तक ऊंचे में १४) ५३ पैसे तक हुआ १९-९-६० ई० में प्लुटो (यम) जो कि सिह के हर्शल (वरुण के आगे एक ही नक्षत्र मघा में था हर्शल के नक्षत्र को त्याग कर आगे आ रहे राहु के नक्षत्र पुर्वा फाल्गुनी पर पहुंचा यह बड़ा श्रेष्ट शुभ योग इस कारण बना कि यम मंद गति ग्रह शीघ्र-गामी ग्रह वरुण को त्याग कर शीघ्र-गामी ग्रह राहु जो कि यम के आगे है के नक्षत्र पर पहुंचा यहां हमारे राज्य ने पचास सहस्त्र टन चीनी बाह्य देशों के हाथ बेची परन्तु गुड़ वायदे का भाव प्रात ही तेज १४)५० खुल कर आज ही नीचे में १४)३० पैसे हो गया और २०-९-६० ई० में और मंदा होकर भाव १४)१६ पैसे सायं बंद हुआ और चीनी निर्यात तथा अमेरिका के हाथ और चीनी बेचने की बात-चीत चल रही है इससे चीनी में तथा गुड़ वायदे में महर्घता आनी चाहिये थी परन्तु आया मंदा तो इससे यह पूर्ण रूप से सिद्ध हो गया कि वही प्रभाव होगा जैसी दशा ग्रहों की होगी चूंकि अभी ग्रह मंदे ही की दशा मे हैं इसी लिये अभी बराबर मंदा ही चल रहा है और आज २२-९-६० ई० को गुड़ वायदा मंदा होकर १३)९० पैसे हो गया।

(४१) २१ सितम्बर सन् १९६० में तीसरे प्रहर से शुक्र तुला में यह तेज इस कारण करे कि आगे इन्द्र है परन्तु प्रथम तो तुला का इन्द्र श्रेष्ट होता है। दूसरे हर्शल शुक्र की अंशात्मिक ३-११ मित्र युति है यह मित्र युति २१-९-६० ई० में रात्रि ९। बजे समाप्त होती है इन्द्र शुक्र का नक्षत्र भी अलग-

अलग है इसी से अभी २२-९-६० ई० में भी मंदा रहकर फिर तेज हुआ और नीचा भाव १३)९० पैसे होकर फिर कुछ तेज ही रहा और इन्द्र शुक्र की युति होने पर तेज १४) २५ तक होकर फिर जब इन्द्र से शुक्र आगे हो गया तो गुड़ में मदा भी आ गया और वर्षा भी हुई इन्द्र से शुक्र आगे ३-१०-६० ई० में हुआ यहां से मंदा आ गया परन्तु अभा इन्द्र क पीछे बुध है इसी लिये थोड़ा मंदा रहा सिद्ध यह हुआ कि इन्द्र के पीछे बुध या शुक्र हों तो तेज और आगे होने से मंदा होता है ।

(४२) सं. २०१७ तदनुसार ७-१ -६० ई० में इन्द्र से बुध आगे निकल कर शुक्र के पीछे पहुंचा और इस प्रकार सुन्दर स्थितो यह बन गई कि इन्द्र के आगे बुध मंदा करे तथा बुध के आगे शुक्र मंदा करे यहां वर्षा भी श्रेष्ट हुई और गुड़ वायदे में श्रेष्ट मंदा आया सोर गणित से बुध विशाखा नक्षत्र पर शुक्र के पीछे पहुंच कर दोनों एक नक्षत्र में हो गये ११-१०-६० ई० के मध्यान २ बजे हुये यहीं गुड़ में श्रेष्ट मंदा आ गया और भाव १३)९३ पैसे से टूट कर १२-१०-६० ई० साय तक १३)७२ पैसे तक पहुंचा दृश्य गणित से बुध विशाषा में १२-१०-६० ई० में आता है यहां कोई विशेष बात नहीं हुई और ११-१०-६० ई० में विशेष ढंग से मंदा आया भाव १३) ९३ पैसे से टूट कर सायं तक ही १३)७७ पैसे हो गया । इससे यह सिद्ध हुआ कि इन्द्र के आगे और शुक्र के पीछे गमन करता हुआ बुध मंदा करता है तथा बुध का गणित सौर सिद्धान्त से सही है दृग्गणित से बुध सही नहीं रहता ।

(४३) सं. २०१७ कार्तिक शुक्ल प्रतिपदा को यहां बाजार बंद रहे परन्तु दिल्ली खुली थी वहां गुड़ वायदा में आज ५० पैसे की महर्घता आकर भाव गुड़ वायदा १४)९३ पैसे हो गया सौर गणित से आज बुध तुला पर बक्री होकर अपने उच्च कन्या की ओर गमन करने से बहुत श्रेष्ट होता और मंदा करता परन्तु सामने इन्द्र तुला में होने से बुध का मार्ग भ्रष्ट हो गया इससे बुध अशुभ हो गया। अशुभ होने के कारण गुड़ में भारी तेजी आ गई दृश्य गणित से बुध तुला में इन्द्र के आगे मार्गी चलकर मंदा करता है कार्तिक शुक्ल ३ को बुध वृश्चिक में पहुंच कर कार्तिक शुक्ल ८ को बक्री होगा अर्थात ६ दिन का अन्तर सौर गणित और दृश्य गणित के बुध बक्री होने मे सदैव देखने में आता है इससे फलादेश में बहुत अन्तर पड़ जाता है मैं बार-बार प्रमाण देकर यह सिद्ध कर चुका हूं कि बुध सौर गणित से ही ठीक-ठीक गमन करता है दृश्य गणित से इसका गमन सदैव अशुद्ध रहता है और फलादेश कहने वाले ज्योतिषी को लज्जित होना पड़ेगा। मुजफ्फरनगर में पहले दिन गुड़ वायदा १३) ८२ पैसे बंद हुआ था और कोई विशेष कारण तेजी का नहीं था परन्तु बुध बक्री होकर अशुभ होने से आज यहां भी गुड़ वायदा १४)१४ पैसे खुल कर १४)१८ पैसे ऊंचा गया इससे यह सिद्ध हो गया कि कार्तिक शुक्ल प्रतिपदा को बुध बक्री हो चुका तथा सौर सिद्धान्त से बुध का भ्रमण शुद्ध है। दृश्य गणित से २७-१०-६० ई० में बृश्चिक राशि में बुध बक्री होकर शुक्र को त्याग रहा है अवश्य ही इसको आज तेज करना चाहिये था परन्तु आज बाजारों में गुड़ में न कोई मंदा आया न तेज गुड़ वायदा १४)१२ खुलकर ऊंचे में १४)१६।। पैसे और बंद १४)१४ पैसे हो गया

२४-१०-६० ई० में बुध वृश्चिक में शुक्र के पीछे दृश्य गणित से पहुंचा इस कारण गुड़ मंदा रहना चाहिये था परन्तु रहा उल्टा तेज अर्थात गुड़ वायदा १४)७ पैसे खुलकर ऊपर में १४)२० पैसे तक पहुंचा और १४)१४ पैसे बंद हुआ इससे यह पूर्ण रूप से सिद्ध हो गया कि बुध का भ्रमण राशि चार उदयास्त बक्री मार्गी दृश्य गणित से अशुद्ध और सौर सिद्धान्त से पूर्ण रूप से शुद्ध है।

(४४) सं. २०१७ तदनुसार १--११--६० ई० में मध्यान इन्द्र से सूर्य आगे हुआ तो सूर्य को सामने आगे के मार्ग में बुध तुला में सौर गणित से मिला तो गुड़ वायदे में यहीं श्रेष्ट मंदा आया गुड़ का भाव १४)१० पैसे से मंदा होकर सायं तक १३)८६ पैसे तक गया। सूर्य के आगे यदि बुध हो तो गुड़ में श्रष्ट मंदा होता ही है सौर गणित से बुध बक्री रूप से स्वाति पर प्रथम दिन पहुंच गया है इस प्रकार १-११-६० ई० में जो सूर्य स्वाति का इन्द्र से आगे निकला तो इसको बुध भी स्वाति ही में मिला और इस प्रकार इन्द्र से सूर्य आगे तथा सूर्य से बध आगे तीनों एक नक्षत्र स्वाति में हैं इसी कारण श्रेष्ट मंदा आया दृश्य गणित से बुध अभी विशाखा में इससे श्रेष्ट मंदा नहीं हो सकता था। सिद्ध यह हुआ कि बुध सौर से ही शुद्ध है।

(४५) सं. २०१७ सौर गणित से बुध ग्रह ३-११-६० ई० में सूर्य से पीछे निकला जिसको सामने इन्द्र मिला इससे बुध का गमन जो अपने उच्च की तरफ होने से बहुत सुन्दर होता वह भ्रष्ट हो गया और चीनी का व्यापार अमरीका से होने के कारण

को लेकर गुड़ में तेजी आ गई पहले दिन गुड़ वायदा जो नीचे में १३)७७ पैसे तक हुआ था आज ४-११-६० ई० ऊपर में १३) ९४ पैसे तक्र तेज होकर पहुंचा और फिर ५-११-६० ई० में इन्द्र से बुध पीछे निकल कर अपने उच्च कन्या की तरफ चला तो सायं तक आज ही मंदा होकर गुड़ वायदा १३)८३ पैसे तक मदा होकर पहुंचा इससे यह पूर्ण रूप से सिद्ध हो गया कि बुध का गमन सौर सिद्धान्त से शुद्ध तथा दृश्य गणित से अशुद्ध है।

(४६) स. २०१७ तारीख १९-११-६० ई० को गुरु से शुक्र साय ६।। बजे सौर गणित से आगे होता है इस प्रकार दिन में गुरु व शुक्र की अशात्मिक युति होने से प्रात से सायं तक गुड़ में महर्घता होनी चाहिये थी परन्तु आज गुड़ में श्रेष्ट मंदा रहा अर्थात पहले दिन गुड़ वायदा बंद हुआ था १३)६२ पैसे और तैयारी गुड़ में आज प्रात श्रेष्ट मंदा रहने से वायदा गुड़ भी नीचा भाव निकला १३)५६ पैसे नीचे में और मंदा होकर १३)४४ पैसे तक बिका इससे यह सिद्ध हो गया कि सौर गणित से गुरु व शुक्र का भ्रमण शुद्ध नहीं है। दृश्य गणित से गुरु से शुक्र आज प्रात ८।। बजे आगे होता है इस प्रकार गुरु से शुक्र के आगे होने पर मंदा होना चाहिये था ऐसा ही हुआ भी परन्तु प्रात तैयारी गुड़ में भी श्रेष्ट मंदा रहा और यहां गुरु से शुक्र पीछा था इससे प्रथम तैयारी महंगी होकर फिर ८।। बजे प्रात के पश्चात मंदी होना चाहिये थी। इससे यह सिद्ध हुआ गुरु से शुक्र दिन निकलने से प्रथम ही आगे हो चुका है मेरे अनुभव में इससे पहले भी यह आ चुका है कि यदि शुक्र स्पष्ट दृश्य गणित में २५ कला और बढ़ा ली जावें तो शुक्र

का स्पष्ट शुद्ध हो जाता है इस प्रकार गुरु से शुक्र पहली अर्ध रात्रि में आगे हो चुका है यह मानने से प्रात तैयारी भी मंदी रहती है और फिर वायदा गुड़ भी मंदा रहता है। ऐसा ही हुआ भी इससे यह सिद्ध हुआ कि दृश्य गणित शुद्ध है केवल शुक्र में २५ कला और बढ़ाने से पूर्ण शुद्ध भ्रमण गुरु व शुक्र का हो जावेगा आकाश में भी सायं: १९-११-६० ई० में गुरु से शुक्र मेरे सिद्धन्तानुसार गुरु से शुक्र आगे दृष्टि गोचर हुआ दूसरे यह भी सिद्ध हुआ कि गुरु से शुक्र आगे होने पर गुड़ में मंदा होता है।

(४७) सं. २०१७ तदनुसार १० दिसम्बर सन् १९६० ई० को यम (प्लुटो) सिंह राशि के पुर्वा फाल्गुनी नक्षत्र पर बक्री हुआ इससे कुछ दिन पहले यम १६-९-६० ई० में आगे आते हुये राहु के नक्षत्र पुर्वा फाल्गुनी पर गया था तो मंदा किया था। अब बक्री होने से राहु के आगे चला और शुभ फल को त्याग दिया इस तरह राहु अशुभ हो गया गुड़ में आज ही तेजी आ गई और गुड़ वायदे का भाव १३)७८ पैसे से तेज होकर सायं तक १३)९७ पैसे तक पहुंचा और ११-१२-६० ई० में रविवार होने से बाजार बंद था १२-१२-६० ई० सोम को भाव और तेज होकर १४)९ पैसे हो गया यम बक्री के आगे हर्शल बक्री चल रहा था। इस कारण मंदा होना चाहिये था परन्तु हुआ तेज इसका कारण था यह कि प्लुटो से हर्शल दूर मघा में था और राहु तथा यम दोनों एक ही नक्षत्र पूफा में थोड़े अन्तर से थे इससे यह सिद्ध हुआ कि यम का गणित इस समय के गणित से शुद्ध और राहु के आगे यम के होने से गुड़ में महर्घता होती है।

(४८) सं. २०१७ फाल्गुण तदनुसार १९ फरवरी सन् १९६१ ई० इतवार में वरुण (हर्शल) बक्री रूप से सिंह से कर्क में राहु के आगे से हटकर अपनी सुन्दर रास में जाता है सप्तम सुन्दर शनि तथा गुरु मकर में हैं इस कारण २० फरवरी सन् १९६१ ई० में सोम को श्रेष्ट मंदा आया गुड़ वायदे का भाव १८-२-६१ ई० में जो १४)२० पैसे बंद हुआ था आज नीचे में १४) १ पैस तक मंदा हो गया यह ध्यान रहे कि यह गणित कुराली के पचांग का था। ओलन तथा सग्रेजी के पत्रों में २२-२-६१ ई० की रात्रि में हर्शल कर्क में गया है इससे २३-२-६१ ई० में श्रेष्ट मंदा रहना चाहिये था परन्तु रहा उल्टा तेज इससे यह सिद्ध हुआ कि कुराली का गणित ठीक है यह महर्घता इस कारण है कि प्लुटो (यम) के आगे राहु एक ही नक्षत्र में चलने से हटकर यम के नक्षत्र पूफा को २१-२-६१ ई० में प्रात ही स त्याग कर मघा नक्षत्र म राहु चला गया गुड़ में महर्घता होकर पहले दिन जो १४)१ पैसे तक मंदा हुआ था आज १४)१८ पैसे तक पहुंचा और २३-२-६१ ई० में १४)४२ पैसे तक गया इससे यह सिद्ध हुआ कि यम के आगे राहु मंदा और यम को त्याग ने से तेज करता है।

(४९) सं. २०१७ फाल्गुण तदनुसार १ मार्च सन् १९६१ ई० प्रातः इन्द्र सूय नवम पंचम मित्र अंशात्मिक युति तथा बुध शुक्र त्रितय एकादश मित्र अंशात्मिक युति इस कारण प्रातः पहले मंदा रहा अर्थात गुड़ वायदा जो पहले दिन १४)३० पैसे बद हुआ था आज १४)२७। पसे निकल कर १४)२१।। पैसे नीचे में बिका परन्तु इसके आधा घंटा पश्चात ही तेज होना प्रारम्भ हो गया और ऊपर में १४)५९ पैसे तक पहुंचा इसका

कारण बुध बक्री रूप में सौर गणित से मकर अपनी शुभ राशि में पहुंच कर बहुत श्रेष्ट होता तथा मंदा करता परन्तु सामने दूर मकर में मार्गी गुरु नीच राशि का आ रहा है। इससे बुध का मार्ग भ्रष्ट हो गया इसी समय बुध तथा वरुण अशुभ का प्रतियोग अंशात्मिक है यह भी कारण तेज का होगया सिद्ध यह हुआ कि बुध सौर गणित से ही शुद्ध है तथा बुध शुभ के आगे के मार्ग में यदि अशुभ गुरु हो तो तेजी होती है।

(५०) सं. २०१७ चैत्र कृष्ण तदनुसार ४ मार्च सन् १९६१ ई० में गुड़ वायदा तेज होकर १४)७५ पैसे तक पहुंचा यह तेजी मकर में सौर गणित से बुध बक्री रूप से चल रहा जिसके मार्ग में सामने मार्गी रूप से मकर नीच राशि का गुरु आ रहा है के कारण से हुई दृश्य गणित से बुध कुम्भ में ही है इससे तेजी नहीं बनती। ६ मार्च १९६१ ई० चन्द्र वार में प्रात हो प्लुटो (यम) बक्री रूप से सिंह के राहु के पीछे मघा नक्षत्र में पहुंचा इस प्रकार दोनों एक नक्षत्र में बहुत श्रेष्ट हो गये कारण मंद गति ग्रह शीघ्र-गामी के पीछे गमन कर रहा है। यहां से गुड़ वायदे में समहर्घता मंदा) प्रारम्भ हो गया और आज ही गुड़ १४)४९ पैसे तक मंदा होकर पहुंचा ७ मार्च सन् १९६१ ई० को प्रात ८ बजकर ५० मिनट पर भारत के सौराष्ट्र मंत्री पं गोविंद बल्लभ पंथ जी का स्वर्ग वास हो गया इस कारण बाजार बंद रहे यहां बुध मकर में बक्री होने से जो अशुभ हो रहा था मार्गी होने से तथा गुरु के आगे चलने से बहुत श्रेष्ट हो गया इसी कारण गुड़ में ८ मार्च में ही श्रेष्ट मंदा होकर नीचे में १४)३० पैसे तक पहुंचा और १० मार्च में मंदा होकर १४) रु० भाव हो गया १२ मार्च रविवार को बुध कुम्भ में

पहुंचा जिसको आगे केतु मिला इस कारण गुड़ तेज होकर आज १३)८९ पैसे तक गया पहले दिन नीचे में १३)६७ पैसे बंद हुआ था परन्तु फिर मंदा हो गया कारण कुम्भ का बुध पहले ही स्वत: अशुभ है। इस कारण केतु आगे होने से बुध कुछ विशेष नहीं बिगड़ता सिद्ध यह हुआ कि यदि ग्रह निर्बल अशुभ हो तो मंद गति ग्रह आगे होने पर विशेष तेजी नही होती अभी कोई बलवान ग्रह तेजी का नहीं है इस लिये राहु के पीछे गमन करते हुये प्लुटो (यम) ने सुन्दर मंदा किया भाव बैसाख वायदे का २८ मार्च सन् १९६१ ई० को मंदा होकर १२)४३ पैसे तक पहुंचा संसार में ही हर प्रकार की शान्ति तथा वस्तुओं में मंदा चल रहा है।

(५१) सं. २०१८ तदनुसार २७ अप्रैल सन् १९६१ ई० में प्रात गुड़ वायदा मास आषाढ़ का भाव १५)८ पैसे निकल कर मंदा होता चला गया यहां वरुण कर्क में बक्री चलता हुआ मार्गी होकर बहुत श्रेष्ट हो गया कुराली में पंचांग में २८ अप्रैल में मार्गी लिखा है परन्तु इस मंदे से यह सिद्ध हुआ कि वरुण (हर्शल) कर्क का बहुत श्रेष्ट होता है। सम्भव है कर्क राशि हर्शल का घर ही हो गुड़ आषाढ़ मंदा होकर ६ मई को १४) ४३ पैसे तक पहुंचा इसके पश्चात घट बढ़ होते हुये नीचे में गुड़ आषाढ़ २६ मई में १४)११ पैसे होकर फिर तेज चला।

(५२) सं. २०१८ ज्येष्ट तदनुसार १५ जून सन् १९६१ ई० की रात्रि में हर्शल से मंगल आगे हो गया और शुक्र इन्द्र प्रति योग भी आज पसर में समाप्त हुआ १६ जून में गुड़ आषाढ़ मंदा हो गया और वर्षा भी हुई १७ जून में मध्यान १॥ बजे

तक १५ जून से ता० १७ जून तक १४)७३।। पैसे से भाव १४) ५८ पैसे तक पहुंचा और फाल्गुण तो १४) ३६ पैसे से १४) ७ पैसे तक मदा हुआ। इसके पश्चात जब मंगल कर्क से हर्शल के आगे चलता हुआ और मंदा करता हुआ १७ जून मध्यान १।। बजे सिंह में पहुंचा जिसको आगे अशुभ राहु मिला तो गुड़ आषाढ़ तेज होकर आज १४) ६५ पैसे बंद हुआ। सिद्ध यह हुआ कि हर्शल के आगे मंगल होने से मंदा व वर्षा हो और राहु के पीछे मंगल के जाने से तेज हो।

(५३) सं. २०१८ भाद्रपद तदनुसार २० सितम्बर सन् १९६१ ई० प्रात ही बुध कन्या अपने उच्च तथा मंगल के आगे से हटकर तुला में जिसमें आगे इन्द्र है सौर गणित से पहुंचा दृश्य गणित से तुला में २१ सितम्बर मध्यान में बुध तुला में जावेगा पहले से मंगल के आगे बुध कन्या में चल कर और गुरु को नवम सुन्दर दृष्टि होने स सुन्दर मंदा चल रहा था। यह आज प्रात २० सितम्बर में १२)८० पैसे का भाव मंदे को होकर आज ही सायं तक १२)९४ पैसे तक पहुंचा और मंदे का वायुमंडल कोई रुकावट न डाल सका यदि आज बुध तुला में न जाता तो कदापि मंदे का प्रभाव हटकर तेज नहीं आ सकता था। इससे यह पूर्णतया सिद्ध हो गया कि बुध का गणित सौर गणित से शुद्ध और दृश्य गणित का अशुद्ध है यह पहले भी मैं सिद्ध कर चुका हूं।

(५४) सं. २०१८ तदनुसार ५ अक्तूबर सन् १९६१ ई० प्रात ही से बुध ग्रह तुला में वक्री होकर अपने उच्च कन्या की तरफ गमन करने से बहुत श्रेष्ट प्रभाव करता होता और गुड़ वायदे में

जो मंदा ग्रहों के प्रभाव से चल रहा है इसे अधिक प्रभाव मंदे का प्राप्त होकर और मंदा ही जाता परन्तु बुध के बक्री होने से बुध के सुन्दर मार्ग तुला का अशुभ भौम मिला इससे बुध का मार्ग भ्रष्ट हो गया। इसी कारण पहले दिन जो गुड वायदा नीचे में ११)८६ पैसे हो गया था आज सायं तक १२) ६ पैसे तक पहुंचा यदि बुध बक्री न होता तो आज यह तेज होकर ऊंचा भाव न होता यह बुध आज सौर गणित से बक्री हुआ है दृग्गणित से ११ अक्तूबर में बक्री होगा इससे यह पूर्ण तया सिद्ध हुआ कि बुध सौर से ही शुद्ध है ७ अक्तूबर में बक्री रूप का बुध अस्त हुआ अर्थात आगे सूर्य निकट ही बुध के मार्ग में हो गया इस कारण गुड़ आज ११)६१ पैसे से तेज होकर सायं तक १२)१७ पैसे तक ऊंचा गया इससे सिद्ध हुआ कि सौर सिद्धांत से बुध का चालन बक्र मार्ग अस्तादि शुद्ध है दृग्गणित से जो ११-१०-६१ में बुध बक्री हुआ इसके आगे मंगल होने से अच्छा तेज गुड़ का रहना चाहिये था और दृश्य गणित से मंगल बुध की युति जो कि १३-१०-६१ ई० में होती है यहां तक गुड़ का तेज ही रहना चाहिये था परन्तु १०-१०-६१ ई० में गुड़ ऊंचे में १२)३४ पैसे तक तेज होकर १३-१०-६१ ई० सायं तक मंदा होकर १२) ८० तक गया। इस विपरीतता से पूर्ण रूप से यह सिद्ध हो गया कि दृश्य गणित से बुध का गमन अशुद्ध और सौर गणित से शुद्ध है।

(५५) २७ मार्च सन् १९६२ तदनुसार सं. २०१८ चैत्र कृष्ण छट बुध ग्रह अस्त हुआ मीन में सूर्य के पीछे सौर-सिद्धान्त से गया इसी दिन गुड़ में महर्घता आ गई इसके पश्चात २९-३-६२ ई० को मं. इन्द्र की नवम पंचम अंशात्मिक युति समाप्त और

शुक्र मीन अपने उच्च सूर्य के आगे से हठकर मेष अशुभ राशि में इन्द्र बक्री अशुभ से सप्तम गया। इस योग से गुड़ की समहर्घता समाप्त होकर अच्छी महंगाई गुड़ में आ गई और गुड़ बायदा बैशाख १४)७२ पैसे से चलकर महगा ही होता गया इन्द्र शुक्र का अंशात्मिक प्रतियोग (सप्तम) १४-४-६२ ई० में समाप्त हो गया इसलिये मंदा रहना चाहिये था दूसरे शुक्र के पीछे बुध तथा बुध के पीछे सूर्य यह मंदा करते परन्तु थोड़ा सा मंदा होकर फिर महंगा हो गया इसकी वजह यह है कि इन मेष के तीनों ग्रहों से सप्तम तुला का इन्द्र बक्री होने से बहुत अशुभ हो रहा है १६-४-६२ ई० तक महंगा होकर गुड़ का भाव बैशाख वायदे का १५)७७ पैसे तक पहुंच गया १७-४-६२ ई० को महाबीर जयन्ती से बंद रहकर १८-४-६२ ई० में खुला। यहां ऊपर में १५)८६ पैसे तक ऊंचा वायदा होकर फिर दूसरा बलवान योग मंदे का यह बन गया कि राहु के घर कन्या में चन्द्रमा और चन्द्रमा के घर कर्क में राहु दोनों की आज अर्ध रात्रि में मित्र दृष्टि की अंशात्मिक युति तथा केतु से पंचम नवम सुन्दर अशात्मिक युति तथा शुक्र का प्रतियोग इन्द्र से समाप्त होकर २०-४-६२ ई० तक उत्तर रूप इन्द्र के साथ चलता है। यह भी इस उत्तर रूप में मंदा हो करे २०-४-६२ ई० में शुक्र के कृत्तिका में जाने से इन्द्र के साथ उत्तर रूप समाप्त होकर फिर प्रतियोग आरम्भ होने से यहां २०-४-६२ ई० में नीचा भाव मंदा होकर १५)२४ पैसे बन कर तेजी प्रारम्भ हो गई और यह तेजी फिर २३-४-६२ ई० तक चलकर १५)५० पैसे तक पहुंची इसके पश्चात शुक्र बृष में तथा बुध इन्द्र का अंशात्मिक प्रतियोग समाप्त होने से मंदा होकर आज रात्रि तक भाव १५।३५ पैसे हो गया सिद्ध यह

हुआ कि यदि अशुभ मंद गति ग्रह से किसी शीघ्र-गामी ग्रह का प्रतियोग (सप्तम) हो तो इसमें आगे पीछे होकर मंदा तेज करने वाले ग्रहों का फल निर्बल रहता है।

(५६) सं. २०१६ आषाढ़ तदनुसार ३० जून सन् १९६२ ई० में कुम्भ राशि में गुरु वक्री होकर बहुत अशुभ इस लिये हो गया कि अपने घर मीन जाने से जो शुभता गुरु में आती अपने नीच मकर की तरफ जाने से बहुत अशुभता आ गई फल यह हुआ कि गुड़ वायदे इत्यादि वस्तुओं में महर्घता प्रारम्भ हो गई। आज भाव नीचे में गुड़ १९)३९ पैसे होकर आगे दूसरे ग्रह अशुभ होते गये और महर्घता बढ़ती गई ७ जौलाई सन् १९६२ ई० में शुक्र सिंह में गुरु से सप्तम पहुंचा तो आज गुड़ का भाव १९)३५ पैसे नीचे में होकर तेजी प्रारम्भ हो गई और २३ जौलाई को गुरु शुक्र के प्रति योग तक २०)६९ पैसे का भाव हो गया इसके पश्चात २६-७-६२ ई० में सूर्य बुध युति कर्क में होने तक भाव गुड़ २१)४ पैसे हो गया यह भी ध्यान रहे कि यहां लद्दाख में भारतीय सैनिकों का चीनी सैनिकों से भारी संघर्ष-गलवान की घाटीं पर चल रहा है चीनियों ने इस स्थान पर अधिकार कर रक्खा है वर्षा की कमी हो रही है। हर वस्तु तेज है २७-७-६२ ई० में सू० से बुध के आगे होने पर कुछ मंदा आया और भाव २०)७८ पैसे होकर फिर बुध को आगे कर्क में राहु मिलने से २८-७-६२ ई० में प्रातः तक गुड़ तेज होकर फिर २१)२४ पैसे तक गया और इसके पश्चात ३१-७-६२ ई० में शुक्र के ऊफा में जाने से गुरु से फिर प्रति योग का पूर्व रूप प्रारम्भ हो गया तो भाव फिर ऊंचा २१) ५४ पैसे तक पहुंचा २-८-६२ ई० में शुक्र कन्या में गुरु के प्रति

योग से हटा तो गुड़ इसी दिन २१)३५ पैसे से गिर कर २१) १४ पैसे तक गया तथ्य यह निकला कि यदि शुक्र से सप्तम अशुभ गुरु हो तो वर्षा का अभाव हर एक वस्तु में महर्घता आती है।

(५७) सं. २०१८ श्रावण तदनुसार २ अगस्त में सायं गुड़ वायदा २१)२४ बंद हुआ। इसके पश्चात रात्रि में सूर्य ऽश्लेषा नक्षत्र प जिस पर कि बुध पहले ही से गमन कर रहा पहुंचा तो बुध के पीछे सूर्य के जाने से गुड़ में मंदा आना चाहिये था परन्तु आया तेज और प्रातः ३ अगस्त में गुड़ वायदा २१)५१ पैसे खुल कर ऊपर में २१)७४ पैसे तक पहुंचा कारण शनि मकर के बक्री से जो सूर्य का प्रतियोग का उत्तर रूप चल रहा था वह ऽश्लेषा में सूर्य के जाने से समाप्त होकर फिर सूर्य शनि प्रति योग प्रारम्भ हो गया इस कारण तेज रहा और चूंकि बुध के पीछे सूर्य है जो कि मंदा करता है ४ अगस्त में फिर मंदा रह गया और भाव २१)४५ पैसे तक पहुंचा सिद्धान्त यह निश्चय हुआ कि ग्रहों के आगे पीछे के जोग से सप्तम अर्थात ग्रहों का प्रतियोग बलवान होता है।

(५८) सं. २०१९ तदनुसार २३ मई सन् १९६२ ई० को शुक्र मिथुन का आर्द्रा में गया तो इन्द्र जो कि तुला में शुक्र के घर में है इससे नवम पंचम का मित्र सम्बंध बन गया गुड़ में श्रेष्ट मंदा आया भाव १९)६५ पैसे से मंदा होकर १९ जून सन् १९६२ ई० तक १८)४४ पैसे हो गया दूसरे ग्रहों के अर्थात सूर्य बुध के आर्द्रा में चलने से यह बात नहीं हुई इससे यह सिद्ध हुआ कि इन्द्र का मिथुन या तो घर है अथवा उच्चादि स्थान है

इसीलिये इन्द्र के घर में शुक्र और शुक्र के घर तुला में इन्द्र के होने से दोनों का मित्र तथा क्षेत्र सम्बंध होने से मंदा श्रेष्ट आया और इन्द्र का मिथुन क्षेत्र सिद्ध हुआ पहले भी मिथुन का शुक्र और तुला के इन्द्र में ऐसा ही हुआ है।

(५९) सं २०१९ तदनुसार ३१ अगस्त सन् १९६२ ई० को शुक्र तुला में अपने गृह में पहुंचा आगे इन्द्र होने से गुड़ में महर्घता होनी चाहिये थी परन्तु आया मंदा यहां पर दूसरे योग भी तेज के थे परन्तु मंदा ही रहा अर्थात प्रातः २१) २१ पैसे खुल कर नीचे में २१) ३ तक हुआ मंदा होने का कारण था कि इन्द्र दूर है और गुरु कुम्भ का होकर शुक्र को सुन्दर मित्र दृष्टि से देख रहा है शुक्र से सप्तम भी कोई ग्रह नहीं जो तेज कर देता इसी लिये मंदा रहा सिद्ध यह हुआ कि अशुभ होते हुये ग्रह पर यदि गुरु की नवम पंचम की सुन्दर मित्र दृष्टि हो तो महर्घता नहीं होगी।

(६०) सं. २०२६ चैत्र कृष्ण पंचमी तदनुसार २८ मार्च सन् १९७० ई० रात्रि में तुर्की का शहर गेंदीज दस सहस्त्र की आबादी वाला भूकम्प द्वारा नष्ट हो गया कई सहस्त्र मनुष्य हताहत हो गये आस पास के ग्राम भी नष्ट हो गये मार्ग नाली बन गये भारी वर्षा के कारण सहायता कार्य में बाधा पड़ रही है अभी कई दिन तक भूकम्प के झटके चल रहे हैं यहां ग्रह स्थिति यह है कि सुन्दर श्रेष्ट मीन राशि से निकल कर सौर गणित से शुक्र ग्रह मेष में पहुंचा आगे नीच का शनि है और सप्तम तुला में बक्री होने से अशुभ गुरु है इसी कारण भारी अशुभ वर्षा भी हो रही है और आगे के मार्ग में शनि होने से भूकम्प आ

रहे हैं शुक्र के अशुभ होने से जन संख्या नष्ट हुआ करती है ध्यान रहे तुर्की में १९३९ ई० में ३२ सहस्र मरे थे और १९५४ ई० में भूकम्प से २२ सहस्र तथा १५०९ ई० में १३ सहस्र मनुष्य तुर्की में भूकम्प से मरे थे शुक्र व गुरु का अशुभ प्रति योग चल रहा है कन्या रास में प्लुटो के पीछे हर्शल इस देश के ऊपर अशुभ प्रभाव कर रहे हैं इन्हीं कारणों से यह दुर्घटना हुई।

(६१) ९ मई सन् १९७० ई० तदनुसार सं. २०२७ बैशाख शुक्ल चतुर्थी ४ को दृश्य गणित से सूर्य बुध की अंशात्मिक युति मेष में प्रातः ९ बजे के निकट प्रारम्भ होकर सायं ५ बजे के निकट समाप्त होती है इसलिये सूर्य का भेद करते हुये आज बुध ग्रह को दीखना चाहिये था। दृश्य गणित कारों ने इसकी घोषणा अपने-अपने पंचागों में की हुई थी परन्तु ऐसा नहीं हुआ मैं स्वतः कई मनुष्यों के साथ प्रातः ९ बजे से सायं ५ बजे तक देखता रहा परन्तु सूर्य दर्शन के सिवाय बुध के दर्शन नहीं हुये इससे यह पूर्ण रूप से सिद्ध हो गया कि बुध का गणित सौर्य सिद्धान्त से ही शुद्ध व स्पष्ट है दृश्य से नहीं सौर सिद्धान्त से सूर्य बुध अंशात्मिक युति ६ मई सन् १९७० ई० में हो चुकी थी कारण वश उस दिन मैं नहीं देख सका।

(६२) ३१ मई रविवार सन् १९७० ई० तदनुसार ज्येष्ट कृष्ण ११ सं. २०२७ में लैटिन अमेरिका के एक देश पीरू में भयानक भूचाल आया एक नगर तो पूर्णतः नष्ट हो गया। कई लक्ष मनुष्य ग्रह बिहीन हो गये लाखों मनुष्य मृत्यु के मुख में पहुंच गये यहां सौर गणित के बुध की मेष नीच के अशुभ शनि से

अंशात्मिक युति हुई बुध मार्गी होकर शुभ होकर गमन कर रहा था सप्तम तुला में बक्री गुरु अशुभ था दृश्य गणित से बुध शनि अंशात्मिक युति मेष में ३० मई को हो चुकी थी। इसी समय रूमानिया इत्यादि में भारी जल प्लाव (बाढ़) से जन धन की भारी क्षति हुई।

ग्रहों की अंशात्मिक दृष्टि का फल

(१) ग्रहों की चार प्रकार की दृष्टि मैंने पूर्व मानी हैं इनमें दो शुभ
(पंचम व फल ग्रहों पर सुन्दर प्रभाव करतीहैं और दो प्रकार की
(नवम) अशुभ फल खोटा प्रभाव फेंकर्ता हैं एक ग्रह से दूसरा ग्रह
(प्रत्यक्ष) पांचवी तथा नवमी राशि में जब होता है यह प्रत्यक्ष मित्र
(मित्र) दृष्टि कहलाती है यह शुभ फल संसार में शान्ति सुभिक्ष क्षेम
(दृष्टि) समहर्घता आरोग्यता की देने वाली है और उस समय पूर्ण
(त्रिकोण) फल करती है जबकि दृष्टि वाले दोनों ग्रहों के अंश कला
(दृष्टि) विकला समान होते हैं। उदाहरण रूप मान लो सूर्य मेष राशि में १० अश पर है और चन्द्रमा सिंह राशि में है तो दोनों की पंचम व नवम राशि में होने से प्रत्यक्ष सुन्दर शुभमित्र दृष्टि हुई यह संसार में शान्ति सुभिक्ष समर्घता करने वाली है परन्तु पूर्ण फल यह उस समय करेगी। जब कि चन्द्रमा भी १० अंश पर ही होगा यहीं दोनों ग्रहों के समान अंश होते हैं इसी को अंशात्मिक दृष्टि कहते हैं उर्दू फारसी भाषा वाले इसको नजरे तसलीस कहते हैं इसमें जब शीघ्र गति ग्रह चन्द्रमा के अंश सूर्य से अधिक हो जावेंगे फल भी ऐसा ही न्यून हो जावेगा अर्थात शुभ फल समहर्घता कम हो जावेगी। यह दृष्टि शुभ फल करने में बड़ी बलवान है।

(२) यह दृष्टि भी शुभ फल समहर्घ शान्ति सुभिक्ष करती है परन्तु

(तीसरीव) निर्बल दृष्टि होने के कारण सुक्षम रीति से इस दृष्टि का
(ग्यारहवीं) प्रभाव पड़ता है इसका फल भी जब तीसरे ग्यारहवें घरों के
(परोक्ष) ग्रह सामान्य अंशों पर होगे तभी पूर्ण फल प्रादर्शित करेंगे
(मित्र) और समान अंश होने के पश्चात फल भी न्यून हो जायेगा।
(दृष्टि) उर्दू फारसी अरबी भाषा वाले ज्योतिषी इस दृष्टि को नजरे तसदीस कहते हैं सामान्य अंश होने ही पर तीसरी ग्यारहवीं दृष्टि कहलाती है।

३) यह दृष्टि अशुभ फल महर्घता अशान्ति दुर्भिक्ष रोगादि करती
(चोथी) है निर्बल होने के कारण फल भी थोड़ा अशुभ थोड़ी मह-
(व) र्घता करती है यह ग्रह भी जब एक दूसरे से चतुर्थ दशम
(दशवीं) होकर सामान्य अंशों पर होंगे तभी पूर्ण फल होगा इसके
(परोक्ष) पश्चात अंशों में ज्यों-ज्यों दूरी होती जावेगी फल कम होता
(शत्रु दृष्टि) जायेगा उर्दू, फारसी, अरबी भाषा वाले दैवज्ञ इस दृष्टि को
(केन्द्र) नजरे तरबी कहते हैं भारतवासी इसको चतुर्थ दशम
(दृष्टि) अंशात्मक दृष्टि कहते हैं अथवा केन्द्र दृष्टि योग कहते हैं।

(४) यह दृष्टि अधिक अशुभ पूर्ण अशान्ती दुर्भिक्ष युद्ध भारी
(सप्तम) महर्घता हा हाकार भीषण रोग महामारी इत्यादि करती है
(प्रत्यक्ष) जब एक ग्रह से दूसरा ग्रह सप्तम स्थान में होकर दोनों ग्रह
(शत्रुदृष्टि) सामान्य अंशों पर होते हैं तभी सप्तम अंशत्मिक दृष्टि या
सन्मुखी) प्रति रूप दृष्टि कहलाती है उर्दू, फारसी, अरबी वाले इसको
(बलवान नजरे मुकाबला कहते हैं यह दृष्टि बड़ी बलवान है दूसरे ग्रहों
(दृष्टि) के फल को हठाकर अपना प्रभाव करती है।

अशात्मिक दृष्टि के रूप

इस अंशात्मिक दृष्टि के दो रूप होते हैं प्रथम का नाम प्रारूप

तथा दूसरे का उत्तर रूप संज्ञा होती है उदाहरण रूप जैसे सूर्य मेष के दश अंश पर है चन्द्रमा इससे पांचवी राशि सिंह पर आया तो यहां से चन्द्रमा की सूर्य पर नवम मित्र दृष्टि का प्रारूप प्रारम्भ हो गया और चन्द्रमा के सिंह राशि के दश अंश जाने तक चन्द्रमा की सूर्य पर प्रारूप दृष्टि कहलायेगी और चन्द्रमा जब इन दश अंश से आगे निकल कर सूर्य के अंशों से अधिक हो जायेगा तो अंशात्मिक दृष्टि का उत्तर रूप कहलाता है। इसमें प्रारूप दृष्टि के विरूद्ध फल हुआ करता है अर्थात प्रारूप दृष्टि में महघता होगी तो उत्तर रूप में समहर्घता आयेगी ऐसा सर्वत्र समझना आगे इसको स्थूल रूप में उदाहरण देकर लिखूंगा।

अंशात्मिक दृष्टि का फल उदाहरण रूप में

(१) पूर्ण अंशात्मिक दृष्टि वह है जब कि दृष्टि कारक दोनों ग्रह एक ही अंश में हो दोनों ग्रहों के अंश कला विकला समान हो जावें तो तभी दोनों ग्रहों की पूर्ण अंशात्मिक दृष्टि होती है प्रायः अनुभव में यह आया है कि जिस समय दोनों ग्रह समान अंश में प्रारम्भ होते हैं इनका शुभ अशुभ फल का प्रभाव इसी समय अधिक होता है सं २०१७ चैत्र शुक्ल २ तदनुसार २६ मार्च सन् १९६० ई० दिन में गुरु धन के ९ अश ३२ कला पर चल रहा था और चन्द्रमा मेष में था दोनों की नवम पंचम मित्र दृष्टि थी जो कि मंदा समहर्घता करने वाली थी परन्तु प्रातः गुड़ वायदा का भाव १५)७ पैसे खुलकर महंगा हुआ और भाव १५)१० पैसे तक हुआ इसके पश्चात भाव कुछ मंदे होकर ठहर गये और दिन के १२ बजे तक भाव १५)६ पैसे तक पड़े रहकर दिन के १२। बजे जबकि गुरु के ९ अंश

पर चन्द्रमा की अंशात्मिक दृष्टि प्रारम्भ हुई अर्थात इसी समय चन्द्रमा भी नवमें अंश में मेष के आकर गुरु से अंशात्मिक मित्र दृष्टि प्रारम्भ हुई यहीं गुड़ में समहर्घता मंदा प्रारम्भ हुआ और गुरु चन्द्रमा दिन के १। बजे तक जबकि दोनों ग्रहों के अंश कला समान हुये अर्थात धन में गुरु के ६ अंश ३३ कला और चन्द्रमा के मेष में ६ अंश ३३ कला हुये तो गुड़ वायदे का भाव मंदा होकर १४)८८ पैसे हो चुका था इसके पश्चात चन्द्रमा का दशमा अश प्रारम्भ हुआ और प्लुटो सिंह के १० अंश ४२ कला पर चल रहा था यह चन्द्रमा से पांचवे स्थान होने से मित्र दृष्टि अंशात्मिक प्रारम्भ हो गई और मंदा आया और गुड़ वायदा मंदा होकर जबकि चन्द्रमा प्लुटो दोनों ३।।। बजे सायं के अंश १०–४२ हुये गुड़ का भाव १४)८० पैसे हो गया। इसी को दो ग्रहों की अंशात्मिक युति कहते हैं इसी समय दृष्टि का पूर्ण फल होता है यदि शत्रु दृष्टि होगी तो महर्घता होगी और मित्र दृष्टि में मंदा होता है।

(२) सं. २०१७ चैत्र शुक्ल १० तदनुसार ६ अप्रैल सन् १९६० में सूर्य मीन के २३ अंश में पहुंचा प्रातः ८ बजे पहुंचा हर्शल (वरुण) पहले ही से कर्क के २३ अंश ४८ कला पर चल रहा है इस तरह से सूर्य व हर्शल की नवम पंचम की मित्र दृष्टि एक ही अंश में प्रारम्भ हो गई और रात्रि पसर में सूर्य व हर्शल के २३ अंश ५७ कला हो जावेंगे। बस यहीं दोनों ग्रहों की अंशात्मिक युति समाप्त हो जावेगी इस युति में गुड़ इत्यादि पदार्थ मंदे होते हैं गुरु व प्लुटो की १० अंश पर मित्र युति प्रारम्भ हुई तथा आज ही मंगल व गुरु ३ व ११ से मित्र दृष्टि १० अंश पर प्रारम्भ हुई यह अंशात्मिक मित्र युति भी

मंदा करती थी परन्तु आज गुड़ में महर्घता रही इसका कारण यह था कि मीन में केतु से शुक्र आगे होकर मीन के सूर्य से पीछे है और कुम्भ में बुध आगे है मंगल के परन्तु दोनों का नक्षत्र अलग-अलग है और बुध पुर्वा भाद्रपद पर केतु के नक्षत्र पर केतु के पीछे है इस तरह सूर्य के पीछे शुक्र और केतु के पीछे बुध हो गया यह आगे पीछे का योग अंशात्मिक युति से बलवान होता है इसी कारण आज गुड़ में तेजी रही और गुड़ वायदा का भाव प्रात १४)६५ पैसे खुलकर १४)८४ पैसे बंद हुआ।

ग्रहों के प्रति योग का फलित उदाहरण रूप में सन्मुख योग मुकाबला)

ग्रह एक से दूसरा सप्तम राशि में हो तो इसको ग्रहों का प्रति योग कहते हैं। यवन भाषा में इसको ग्रहों का मुकाबिला कहा जाता है इसमें परस्पर दोनों ग्रह यदि एक ग्रह की रास मे दूसरा और दूसरे की रास में पहला ग्रह नीच या निर्बली राशि का हो तो यह योग बहुत ही अशुभ और भारी महर्घता पदार्थों में तथा अशान्ति राज्य में भय रोगादि करने वाला होता है शीघ्र गति ग्रह के अंश जब तक मंद गति ग्रह के अंशों के समान नहीं हो जाते तब तक महर्घता और अशुभ फल होता रहता है इसके प्रमाण तथा योग लिखता हूं।

(१) सं. १९८८ शुक्र अपनी अशुभ निर्बल रास मेष में मंगल के घर में था यहीं मंगल अपनी अशुभ निर्बल रास तुला में शुक्र के घर परस्पर सप्तम योग अर्थात प्रति योग (मुकाबिला) से थे यह सम्बध बडा खोटा हो गया इसी कारण यहां गोधूम में भारी महर्घता आई।

(२) सं. १९९१ बृहस्पति अपनी अशुभ निर्बल रास पतन रास कन्या में बुध के गृह में था और बुध अपने नीच मीन राश गुरु के घर में परस्पर सप्तम प्रति योग से भ्रमण कर रहा था यहां गोधूम में भारी महर्घता आई।

(३) सं २०१४ बुध २५-११-५७ ई० को सौर गणित से अपनी निर्बल अशुभ पतन रास (जवाल) धन में गुरु के घर पहुंचा गुरु पहले ही से अपनी अशुभ पतन निर्बल (जवाल) रास कन्या में था दोनों गुरु बुध एक दूसरे की रास में शत्रु दृष्टि से निर्बली अशुभ हो गये आज ही गुड़ में भारी महर्घता आ गई गुड़ का भाव १२। =)। से महंगा होकर १२।।। ≡)। हो गया।

(४) यदि बृष में मंगल और इससे सप्तम राशि बृश्चिक में मंगल के घर शुक्र हो तो दोनों के समान अंश अर्थात अंशात्मिक प्रति योग होने तक अशुभ फल महर्घतादि हो कारण दोनों ग्रह पतन रास तथा सन्मुखी योग है।

(५) मिथुन में बुध के घर गुरु और धन में गुरु के घर बुध हो तो इस अभ प्रति योग में अंशात्मिक प्रति योग होने तक महर्घता तथा अशुभ फल होगा कारण दोनों ग्रह अपनी-अपनी पतन रास और सन्मुखी योग अशुभ है।

(६) कर्क में शनि और मकर में चन्द्रमा के रहते अंशात्मिक प्रति योग में महर्घता हो अशुभ फल हो कारण पतन रास और सन्मुखी योग है।

(७) सिंह का शनि तथा कुम्भ में सूर्य के होने से अंशात्मिक योग प्रारूप में महर्घता अशुभ फल हो प्रारूप सर्वत्र जानना कारण पतन राशि में होते हुये सम्मुखी योग अशुभहै ।

(८) कन्या का गुरु मीन का बुध अंशात्मिक प्रति योग प्रारूप में महर्घता अशुभ फल हो कारण अपनी-अपनी पतन राशि में होकर सम्मुखी योग बना रहे हैं ।

(९) तुला में भौम तथा मेष में शुक्र हो तो अंशात्मिक प्रतियोग प्रारूप में महर्घता अशुभ फल हो इस तरह से दोनों ग्रह अपनी पतन राशि तथा सन्मुख शत्रुता होने से खोटा फल करते हैं ।

(१०) धनु व मीन अपनी पतन राशि गुरु के घर राहु हो और सम्मुखी राशि मिथुन व कन्या में गुरु अपनी पतन राशि में हो तो महर्घता व खोटा फल हो ।

(११) मिथुन व कन्या अपनी पतन राशि में केतु हो सम्मुख धनु तथा मीन में बुध के होने से महर्घता अशुभ फल हो ।

ग्रहों का साधारण अशुभ तथा महर्घता योग अन्योन्य राशि सम्बंध से

(१) मेष चन्द्रमा मेष भौम के गृह में और भौम अपने नीच कर्क में चन्द्रमा के घर होने से महर्घता अशुभ फल करता है ।

(२) मेष शनि मेष अपने नीच में और मंगल मकर में शनि के घर शत्रु दृष्टि का राशि सम्बंध होने से खोटा फल महर्घता करेगा सं. १९९६ महा युद्ध ।

(३) कर्क मंगल कर्क नीच में चन्द्रमा के घर और चन्द्रमा मेष में

मंगल के घर शत्रु दृष्टि होने से खोटा फल तथा महर्घता करेगा ।

(४) कर्क शुक्र कर्क में सामान्य राशि में चन्द्रमा के घर और चन्द्रमा तुला में शत्रु दृष्टि में अशुभ फल महर्घता करे ।

(५) कर्क शनि कर्क अपने नीच चन्द्रमा के घर तथा चन्द्रमा मकर पतन राशि में अशुभ फल करेगा ।

(६) कन्या, कन्या में बुध के घर गुरु पत्न राशि का और धनु में बुध पत्न राशि का अशुभ फल महर्घता करेंगे सं २०१४ ।

(७) कन्या, कन्या में बुध के घर केतू निर्बली और धनु में बुध पत्न राशि का महर्घता तथा खोटा फल करेगा ।

(८) बृश्चिक, बृश्चिक में शनि हो और कुम्भ में शनि के घर मंगल तो शत्रु दृष्टि होने से महर्घता तथा अशुभ फल हो ।

(९) कुम्भ, कुम्भ में शनि के घर शुक्र और वृष में शुक्र के घर शनि के होने से महर्घता अशुभ फल थोड़ा हो ।

(१०) मीन, मीन में गुरु के घर बुध और बुध के घर मिथुन में गुरु तो महर्घता अशुभ फल थोड़ा हो ।

ग्रहों द्वारा अशुभ घटनायें

(१) सं. २०१५ चैत्र कृष्ण ५ तदनुसार २९ मार्च सन् १९५९ ई० को भारी आंधी वर्षा कड़क चमक का उपद्रव हुआ इसका कारण था भौम ग्रह मिथुन राशि में पहुंचा सप्तम शनि धन

राशि में मार्गी है शनि सुन्दर है इसीलिये अधिक हानि नहीं हुई।

(२) सं. २०१६ बैशाख कृष्ण १३ तदनुसार ५ मई सन् १९५९ ई० को सायं काल पूर्वी पाकिस्तान में तीव्र गति से आंधी का तूफान आया इसमें जान तथा माल का बहुत बड़ा नुकसान हुआ इसका कारण यह था कि शनि से सप्तम जो मिथुन में मंगल गमन कर रहा है। इस मंगल के पीछे मिथुन में शुक्र पहुंचा शुक्र के अशुभ होने पर पवन से ही हानि हुआ करती है।

(३) सं. २०१६ बैशाख पूर्णिमा तदनुसार २२ मई सन् १९५९ ई० को सायं कलकत्ता में आंधी का भारी तूफान आया इसमें ओला भी पड़ा धन व जन की बड़ी हानि हुई इसका कारण सौर गणित से बुध ग्रह अस्त हुआ सूर्य के पीछे बृष रास में गुरु से सप्तम पहुंचा। सूर्य के पीछे अस्त हुआ बुध वर्षा करता है परन्तु सप्तम गुरु होने से आंधी ओला इत्यादि से हानि हुई दृग्गणित से बुध २५ मई सन् १९५९ ई० में बृष में गया है कहीं कोई हानि नहीं हुई २६ मई म दृग्गणित से बुध व गुरु का प्रति योग था यहां हानि होनी चाहिये थी परन्तु कहीं कोई हानि नहीं हुई २७ मई सन् १९५९ ई० को बुध सौर गणित से रोहणी में सूर्य नक्षत्र पर पहुंचा और प्लुटो से केन्द्र दृष्टि हुई बहुत स्थानों पर आंधी ओले इत्यादि से हानि हुई दृग्गणित से बुध व भौम की मित्र दृष्टि का योग है जिससे कि शुभ फल होना चाहिये था परन्तु उल्टी हानि हुई इससे यह सिद्ध हुआ कि बुध सौर गणित से ही शुद्ध गमन करता है।

(४) सं. २०१६ ज्येष्ट कृष्ण ९ तदनुसार ३१ मई सन् १९५९ ई० में शुक्र कर्क में अशुभ मंगल के पोछे पहुंचा जयपुर में प्रबल बेग की आंधी से बहुत बड़ी हानि हुई।

(५) सं. २०१६ आषाढ़ कृष्ण १० तदनुसार ३० जून सन् १९५९ ई० को अमेरीका देश का एक वायु यान पृथ्वी पर गिर कर नष्ट हो गया इसके बहुत से यात्री मर गये चांदी में एक दम महर्घता आ गई यह दुर्घटना इस कारण हुई कि शुक्र सिंह में अशुभ प्लुटो के पीछे पहुंचा।

(६) सं. २०१६ आषाढ़ शुक्ल ३ से श्रावण कृष्ण ६ तदनुसार ९ जौलाई सन् १९५९ ई० ता २५ जौलाई सन् १९५९ ई० तक सिंह का सुन्दर मंगल अशुभ प्लुटो मार्गी सिंह के पीछे चलने से मंगल बहुत अशुभ हो गया इसी कारण इस अवधि में वायु यान दुर्घटना तथा रेल दुर्घटना होती रहीं इनमें दो दुर्घटना एक हवाई यान जो कि दूर पूर्व से ४० के करीब यात्री लेकर बम्बई शान्ता क्रुज हवाई अड्डे पर पहुंच कर अग्नि लगने से स्वाहा हो गया। परन्तु सब यात्री चालकों साहित कूदने से बच गये यह दुर्घटना १९-७-५९ ई० को हुई ऐसे ही ढाका के पास किसी स्टेशन पर खड़ी यात्री रेल गाड़ी के पीछे माल गाड़ी ने टक्कर मारी जिसमें सैकड़ों से अधिक यात्री मर गये डिब्बे भी चकना चूर हो गये। जहां वर्षा हुई वहां जल प्लाव आया उत्तरी भारत पाकिस्तान में जल बाढ़ से भारी हानि हुई सारांश यह कि अशुभ प्लुटो से भौम का मार्ग भ्रष्ट होने पर यान दुर्घटना विष्फोट होते हैं।

(७) सं. २०१६ श्रावण कृष्ण ११ तदनुसार ३१-७-५९ ई० मंगल पूफा पर आगे चलते हुये शुक्र के नक्षत्र पर पहुंचा यह बहुत सुन्दर योग वर्षा का बन गया। यहां दूसरे ग्रह भी सुन्दर थे अर्थात कर्क के सूर्य से बुध बक्री पीछे निकला जिसकी गति अपने घर मिथुन की तरफ होने से बहुत सुन्दर हो गया तुला में इन्द्र के आगे गुरु है यह भी सुन्दर है यहां गुड़ में श्रेष्ट मंदा आया तथा श्रेष्ट वर्षा भी हुई आगे चलकर ३-८-५९ ई० से सूर्य कर्क में आगे चलते हुये वरुण के नक्षत्र श्लेषा पर पहुंचकर अशुभ हो गया तथा ९-८-५९ ई० में बुध मार्गी होकर सूर्य के पीछे चला और अपने घर मिथुन की दिशा में जो बुध जा रहा था उससे निराश होने के कारण बुध बहुत अशुभ हो गया। ११-८-५९ ई में शुक्र सिह में बक्री होने से और अपने नीच कन्या का मार्ग त्यागने से बहुत सुन्दर होता परन्तु शुक्र शुक्र के सामने सिंह में मंगल शुभता को हरण करता है सूर्य बुध वरुण जो अशुभ हो रहे हैं इनकी सप्तम अशुभ दृष्टि मकर में होने के कारण एशिया के दूर पूर्बी देश फार्मूसा में प्रथम के सुन्दर ग्रहों में होती हुई सुन्दर वर्षा ने भयंकर रूप धारण कर लिया जिससे भारी हानि जन धन की हुई ऐसी प्रलंयकर वर्षा प्रथम सं. १९५४ बि० में हुई थी जापान इसी समय वायु वेग वर्षा से उत्पीड़ित हुआ चीन में भी कहीं भारी वर्षा तथा कहीं अवर्षण से कष्ट हो रहा है इससे यह निश्चय हुआ कि मकर का प्रभाव दूर पूर्ब देश फार्मूसा चीन जापान पर होता है। दृग्गणित से बुध ५-८-५९ ई० से सूर्य के पीछे होने से तथा १६-८-५९ ई० में मार्गी होने से ५-८-५९ ई० ता १६-८-५९ ई० तक शुभ सुन्दर होने से कोई अशुभ फल नहीं होना चाहिये था परन्तु इस दुर्घटना ने यह सिद्ध कर दिया कि बुध दृग्गणित

से शुद्ध नहीं है सौर गणित का बुध ही शुद्ध है सं. १९५४ बि० श्रावण शुक्ल में भी सिंह राशि में गुरु के पीछे चलता हुआ मंगल आगे निकला गुरु से मंगल बहुत सुन्दर हो जाने से श्रेष्ट वर्षा हुई होगी परन्तु पश्चात बुध के सिंह में बृहस्पति अशुभ के पीछे पहुंचने से सुन्दर वर्षा का रूप भयंकर हो गया होगा इसी से हानि हुई गुरु तथा भौम पूफा नक्षत्र जल नाड़ी में थे।

नोट

सं. २०१६ बि भाद्रपद शुक्ल दशमी तदनुसार १२ सितम्बर सन् १९५९ ई० को एक स्पूतनिक रूस देश ने चन्द्र लोक में पहुंचने के लिये छोड़ा यह स्पूतनिक (राकेट) सात सहस्त्र मील प्रति घंटे की गति से चन्द्र की दिशा में चला और १४ सितम्बर सन् १९५९ ई० में रात्रि को दो बज कर बत्तीस मिनट पर चन्द्र लोक की भूमि पर उतर गया। जहां इसने रूसी ध्वज आरोपण कर दिया इस समय चन्द्रमा कुम्भ में पहुंचा जो कि रूस की राशि कर्क के सप्तम से हट गया।

(८) स. २०१६ तदनुसार १९ अगस्त सन् १९५९ ई० में बुध सौर गणित से कर्क के वरुण के पीछे एक नक्षत्र श्लेषा पर पहुंच कर थोड़ा अशुभ हो गया परन्तु सिंह में प्लुटो से सूर्य पीछे चलता हुआ बहुत अशुभ हो रहा है ऐसे ही सिंह में शुक्र बर्क्री का मार्ग आगे आते हुये मार्गी प्लुटो ने भ्रष्ट कर दिया २१ अगस्त सन् १९५९ ई० में पूर्वी पंजाब भाकड़ा डोम की एक सुरंग में दराड़ पड़ जाने से पिछत्तर लक्ष की क्षति हुई और जल के तेज बहाव में फंस कर दस आदमी मर गये। यह ध्यान रहे कि इस समय का राज्य है जो कि बेईमानी करने

में बड़े प्रसिद्ध हैं इनके बेईमाने के कारण इस जल कुंड को मजबूत नहीं बनाया गया चूंकि ग्रह जल नाड़ियों में अशुभ हो रहे हैं इस कारण जल से भारी हानि हुई नाम धारी संस्था के सिखों के गुरु राजा प्रताप सिंह का भैणी स्थान पर स्वर्ग वास हुआ यह अच्छे धर्मात्मा श्रेष्ट पुरुष तथा राजा थे। असम के राज्य पाल की मृत्यु भी इसी समय हुई यह सब दुर्घटनायें इस कारण हुई कि सिंह का सूर्य स्वक्षेत्री होने से बहुत सुन्दर होता परन्तु आगे अशुभ प्लुटो ने सूर्य का सुन्दर मार्ग भ्रष्ट किया सूर्य का प्रभाव राजा तथा बड़े राज्याधिकारियों पर पड़ता है प्लुटो अशुभ के आगे बक्री शुक्र है । शुक्र के अशुभ होने से जन हानि होती है प्लुटो व सूर्य शुक्र जल नाड़ियों में हैं इसी से भाखड़ा नांगल डाँम की सुरंग में दराड़ पड़कर दस मनुष्यों की जान गई यहीं इन्हीं तिथियों में केन्द्र के खाद्य मंत्री लाला अजीत प्रसाद जैनी को मंत्री मंडल के सदस्यों ने इसके कपट भरे कार्य से दुखित होकर पद से अलग होने पर मजबूर किया यह ध्यान रहे कि कांग्रेस के बड़े नेता जिनको इस संस्था के लोग महात्मा गांधी के नाम से पुकारते हैं बड़े हठ-धर्मी थे और उन्होंने अपने अनुयायों को यह देश का नाश करने वाली शिक्षा दी थी कि अपने अनुयायों को चाहे वह कितने ही नीच कार्य करने वाले और जनता को दुख देने वाले स्वार्थी हों इनके दुर्गुण छिपाना इनकी सहायता करना संस्था का प्रथम धर्म है दूसरी संस्था के मनुष्य चाहे कितने ही देश भक्त तथा सच्चरित्र श्रेष्ट हों उनको कभी श्रेष्ट नहीं समझना इससे उन्हें यह भय था कि इससे कांग्रेस निर्बल हो जावेगी। इसी शिक्षा से प्रभावित होकर इस समय के राज्य संचालक देश के प्रधान मंत्री पंडित जवाहर लाल नेहरु भी अपने मित्रों

की सहायता करते हैं इसी कारण इस समय देश में भ्रष्टाचार अनैतिकता बेइमानी कुटुम्ब पोषण अराजकता फैली हुई है सिवाय उन मनुष्यों के जो इस संस्था में भी गांधी के दल के हैं सब पूर्ण रूप से दुखित हैं पिछले वर्ष भी अन्न संकट से दुखित होकर श्री अजीत प्रसाद जैन को पद अच्युत करना चाहा परन्तु प्रधान मंत्री पं. जवाहर लाल नेहरु ने अपना प्रभाव काम में लाकर गांधी शिक्षा को सार्थक कर दिखाया और अजीत प्रसाद पद से चिपटे रह गये इस बार चीनी संकट से सभी दुखी हो गये। इससे जवाहर लाल जी की सहायता काम न आई और श्री जैन को अलग होना पड़ा देश चीनी मिस्टान बड़ी राशि में उत्पादन करता है परन्तु राज्य अधिकारियों के कुचक्र से साधारण रूप में भी चीनी मिष्टान शर्करा लोगों को खाने को नहीं मिलता योग्यता के आधार पर राज्य कर्मचारियों की नियुक्ती न होकर संस्था आधार पर गांधी अनुयायों को पद मिलते हैं इसी कारण देश में हर प्रकार का संकट है। प्रधान मंत्री सभी प्रान्तों के वकील तथा बैरिस्टर हैं गांधी इनका गुरु भी बैरिस्टर ही था इन लोगों को प्रारम्भ ही से अपने पक्ष को सत्य सिद्ध करने की शिक्षा दी जाती है धन संग्रह ध्येय होता है त्याग नहीं होता आत्म अभिमान और सत्य की तथा न्याय की इन्हें परवा नहीं होती स्वार्थी होते हैं।

(६) सं. २०१६ बि० तदनुसार १३ सितम्बर सन् १९५९ ई. कन्या के राहु से मंगल आगे हुआ तथा सिंह में सूर्य के पीछे अस्त हुआ बुध है बुध के पीछे प्लुटो है यह सुन्दर योग ग्रहों का है यहां बम्बई प्रांत के सूरत नगर में वर्षा

प्रारम्भ हुई १६ सितम्बर सन् १९५९ ई० को बुध कन्या मे राहु के पीछे पहुंच कर बहुत अशुभ हो गया सूर्य से बुध १५ सितम्बर में आगे हो गया था और १४ सितम्बर रात्रि में चन्द्रमा भी कुम्भ में प्लुटो से सप्तम पहुंच कर अशुभ हो गया १७ सितम्बर में सूर्य भी कन्या में आगे अस्त हुआ बुध और सप्तम केतु है यहां ग्रहों की दशा बिगड़ जाने से वर्षा ने भीषण रूप धारण कर लिया और लगातार वर्षा होने से तापती नदी में बाढ़ आ गई सूरत नगर समुद्र बन गया याता-यात सब साधन समाप्त हो गये। रेल की पटरी १२ मील तक टूट गई मनुष्य घरों की छतों पर चढ़ कर प्राण बचा रहे हैं। जल पीने को किसी प्रकार नहीं मिला बहुत प्राणी मर गये १८ सितम्बर से चन्द्रमा मीन के केतु से आगे होकर गुरु व वरुण से सुन्दर दृष्टि सम्बंध तथा मंगल से प्रात दस बजे प्रति योग समाप्त हो गया पानी भी उतरना प्रारम्भ हो गया और २१ सितम्बर में सब पानी नगर से निकल गया ऐसी भयंकर बाढ़ यहां पहले कभी नहीं आई थी कन्या राशि का प्रभाव दक्षिण भारत में होता है विदर्भ में भी हानि हुई।

(१०) सं. २०१६ तदनुसार २५ सितम्बर सन् १९५९ ई० प्रात ९ बजे के समीप लंका के प्रधान मंत्री श्री सोलोमन भंडार नायके को उनके निवास स्थान पर एक बौध भिक्षुक आयु ३० वर्ष ने पिस्तौल से गोली मार दी यह गोली इनके पेट में लगी तथा यकृत में एक गोली लगी जिससे प्रधान मंत्री २६-९-५९ ई० में मृत्यु को प्राप्त हो गये । कई दिन पहले से जापान देश में वायु वेग के बड़े प्रबल तूफान आ चुके हैं २६-९-५९ ई० में तो ऐसा भारी तूफान वायु का आया कि ऐसा कभी पहले

नहीं आया था बड़ी संख्या में मनुष्य हता हत हुये समुद्री जहाज को वायु ने ऐसा फेंका कि वह कीचड़ में धंस गया यह जहाज अंग्रेजो का था पांच सहस्र के करीब मनुष्य जापान में मरे इस जहाज के आदमी सुरक्षित उतर गये यहां ग्रहों की स्थिति सिंह तथा कन्या राशि में बहुत बिगड़ रहीं थी अर्थात कन्या में जिसका प्रभाव भारत के दक्षिण तथा लंका में है २५ सितम्बर को कन्या के राहु के पीछे सूर्य और कन्या ही में मंगल के पीछे सुन्दर बुध है २५-६-५६ ई० में प्रातः मिथुन के चन्द्रमा का धन के शनि से अंशात्मिक प्रति योग हुआ यह चन्द्रमा प्रातः ही सूय से भी अंशात्मिक केन्द्र योग कर रहा था यहां प्रातः सूर्य शनि भी अशात्मिक केन्द्र योग था गर्ज सूर्य आज प्रातः कन्या में बहुत अशुभ हो रहा था यदि सूर्यं की दशा बिगड़े तो राजा के लिये अशुभ होता है इसी कारण लंका के प्रधान मंत्री पर घातक आक्रमण हुआ चूं कि प्लुटो के पीछे शुक्र सिंह में अशुभ हो रहा है शुक्र के बिगड़ने से वायु से जन हानि होती है इसी कारण वायु वेग से जापान में ५२ समुद्री जहाज नष्ट हो गये जापान में वायु के तूफान से बहुत मनुष्य मर गये २५-६-५६ ई० में अर्ध रात्रि से कुछ प्रथम बोर्डेक्स हवाई अड्डे से २।। मील दूरदे वदार के बन में चकना चूर हो गया यह वायुयान फ्रांस का था। इसमें ६५ यात्री थे जिनमें से ५३ मनुष्य मर गये यह यान पेरिस से सूडान जा रहा था यह दुघटना ऊपर लिखे ग्रहों के कारण हुई प्लुटो से सप्तम रास कुम्भ पर अशुभ दृष्टि होने से जापान में भारी झक्खड़ वायु का आया।

(११) सं० २०१६ बि० माघ तदनुसार ५ फरवरी सन् १९६० ई०

सौर गणित से शनि से शुक्र प्रातः ५ घटी के इष्ट पर आगे हो जाता है यह समहर्घंता करता है आज चन्द्रमा भी सुन्दर है यह भी मंदा ही करता है परन्तु ऐसा नहीं हुआ बल्कि महर्घता आई अर्थात भाव गुड़ प्रातः १६)८९ पैसे निकलकर ऊपर १७)२७ बंद हुआ सौर गणित से दृग्गणित के शुक्र में थोड़ा ही अन्तर है दोनों सिद्धान्तों से आज शुक्र १९ वें अंश में धन के है परन्तु शनि सौर से १९ वे अंश में और दृग्गणित से २१ वें अंश में है इस तरह से दोनों सिद्धान्तों से शनि में बहुत भेद है चूंकि आकाश में मैंने ७-२-६० ई० प्रातः अपने नेत्रों द्वारा शुक्र को शनि से पीछे ही देखा सूर्योदय से प्रथम देखा सूर्योंदयात के पश्चात ७ फरवरी थी और ८ फरवरीं सन् १९६० ई० में सूर्योदय से प्रथम शनि से शुक्र आगे दृष्टि गोचर हुआ इससे यह पूर्णतया सिद्ध हो गया कि दृग्गणित से ही शनिश्चर का भ्रमण शुद्ध है और शुक्र कला भेद से सौर तथा दृग्गणित से ७ फरवरी में जिसमें कि दिन में ३ बजे शनि से शुक्र आगे निकला है शुक्र धन के २१ वें अंश में है इस तरह यह सिद्ध हो गया कि शनि भी धन के २१ वें ही अंश में है और आज ७ फरवरी में सौर गणित से जो शनि १९ वें अंश में है यह अशुद्ध है।

(१२) सं. २०१६ फाल्गुण तदनुसार २९ फरवरी सन् १९६० ई० बुध कुम्भ रास पर बक्रीं हुआ सप्तम सिंह में प्लुटो बक्री है और बुध के आगे सूर्य कुम्भ का अशुभ है इस अशुभ योग के प्रभाव से अगादीर में भूडोल के आने से सहस्त्रों मनुष्य मर गये ऐसा प्लुटो से बुध के अशुभ होने से हुआ यह नगर अगादीर (मोरक्को) अफ्रीका में है यहां की जनसंख्या पचास सहस्र से

से दस सहस्त्र से अधिक मनुष्य मर गये इससे यह सिद्ध हुआ कि प्लुटो का प्रभाव प्राकृतिक दुर्घटना करता है ।

(१३) सं. २०१७ बैशाख तदनुसार १८ अप्रैल सन् १९६० ई० को मंगलग्रह पूर्वा भाद्र पद नक्षत्र पर पहुंचा इसी नक्षत्र पर आगे केतु अशुभ है और सप्तम सिंह में बक्री प्लुटो जिसके पीछे राहु है कुम्भ रास का प्रभाव दूर पूर्व में कोरया इत्यादि देशों पर है इसी कारण कोरया देश में शासन विरूद्ध विद्यार्थियों का हिंसात्मक संघर्ष प्रारम्भ हो गया बहुत विद्यार्थी हताहत हो गये विद्यार्थियों ने भी सम्पत्ती को भारी क्षति पहुंचाई इस संघर्ष के फल स्वरूप यहां के राष्ट्रपति को राष्ट्रपद से त्याग पत्र देना पड़ा तथा उपराष्ट्रपति को विद्यार्थियों से अपनी दुगर्ती न हो पूरे कुटुम्ब ने आपस में गोली मार कर आत्म-हत्या कर ली चूंकि कुम्भ का प्रभाव आसाम में भी है इसी कारण मणिपुर इत्यदि स्थानों पर राज्य तथा विद्यार्थियों में भारी संघर्ष हुआ और कुछ विद्यार्थी मारे गये यह सब केतु के पीछे भौम के एक नक्षत्र पुर्वाभाद्र पद में पहुंचने और सप्तम सिंह में राहु के आगे बक्री प्लुटो के होने से हुआ । तुर्की में भी इसी समय राज्याधिकारी तथा बिद्यार्थियों में संघर्ष चल रहा है मध्य प्रदेश में भी भारी उपद्रव विदर्भ को अलग करने पर हुआ । तुर्की में राज्य सेना ने अपने अधिकार में ले लिया ।

(१४) सं. २०१७ ज्येष्ट कृष्ण ५ तदनुसार १५ मई सन् १९६० ई० से प्लुटो सिंह में मार्गी होकर अशुभ हो गया तथा सप्तम जो कुम्भ में केतु है । इसकी दशा बहुत बिगड़ गई कुम्भ का प्रभाव एशिया के दूर पूर्वी देशों में पडता है इसी कारण २३ मई

सन् १९६० ई० में जबकि बृष में सूर्य के पीछे शुक्र पहुंच गया तो स्थान चिली दक्षिण अमेरीका। में भारी भूडोल से बहुत बड़ी संख्या में मनुष्य मर गये धन सम्पत्तो की भारी क्षति हुई। ज्वाला मुखी ने तो चारों तरफ तबाही मचा दी समुद्र में भी जल शान्त न रहा प्रशान्त महा सागर अशान्त हो गया। जिसकी लहरें पांच सहस्त्र मील में फैल गई जापान भी इसके लपेट में आ गया २७ मई सन् १९६० ई० तक ऊपर लिखे कष्टों की सूचना आ रही हैं, दस प्रान्तों में भारी नर संहार गांव के गांव नष्ट हो रहे हैं, धन जन कीं भारी क्षति हो रही है, शुक्र के अशुभ होने से जन हानि होती है। यह सिद्ध हो गया कि राहु केतु प्लुटो के अशुभ होने से प्राकृतिक हानि होती है और शुक्र अशुभ हो तो जन हानि हो।

(१५) सं. २०१७ बि. तदनुसार १७-८-६० ई० से जो सूर्य सिंह में प्लुटो के पीछे चलकर अशुभ हो रहा है। इसकी गुरु से अंशात्मिक सुन्दर मित्र युति नवम पंचम की आज समाप्त होने से सूर्य बहुत अशुभ हो गया सूर्य के अशुभ होने से राज्याधिकारियों पर संकट आता है। अतएव एक वायुयान २७ यात्रियों को काहिरा स्थान से लेकर मास्को पहुंचने के लिये चला यह यान मास्को न पहुंचने पाया था कि इसमें आग लग जाने से सभी यात्री जलकर मर गये सभी यात्री राज्याधिकारी थे। जैसे यमन के उप विदेश मंत्री अलजीरिया के राजदूत इत्यादि थे। दिल्ली के स्वामी स्रद्धानंद के कनिष्ट पुत्र श्री इन्द्र विद्या वाचस्पति जो गुरुकुल कांगड़ी के स्नातक तथा बड़े पत्रकार थे २३-८-६० ई० में स्वर्ग सिधार गये इनकी आयु ७१ वर्ष थी यहां ग्रह बहुत अशुभ हो रहे हैं गुरु २१-८-६० ई० में धन

में मार्गी हुआ सामने बक्री शनि के आने से गुरु बहुत अशु
हो गया। इससे अफ्रीका मे राजनैतिक हालात बहुत तना
पर चल रहे हैं। और रक्षार्थ राष्ट्र संधिय सेना यहां गई हु
हैं भारत में जल प्लाव से स्थान-स्थान पर भारी हानि ह
रही हैं। सिंह में सूर्य के आगे प्लुटो पीछे बुध तथा राहु के आ
भी प्लुटो है, इस तरह सिंह रास बहुत अशुभ हो गई। गुरु क
सुन्दर मित्र दृष्ठि से थोड़ी शुभ है, २७-८-६० ई० में रा
में शुक्र कन्या में पहुंच कर गुरु से चतुर्थ दशम दृष्टि कीं अंशा
त्मिक शत्रु दृष्टि का योग बना सू० बु० युति पूर्ण रात्रि चल
दिल्ली तथा इसके आस पास भूडोल के झटके लगे रात्रि ८
बजे व रात्रि १२॥ बजे इसमें दिल्ली में तो थोड़ी हानि हु
परन्तु गुरुग्राम की तहसीलों में भारी क्षति हुई पंजाब में ज
प्लाव से बहुत अधिक हानि हुई। उड़ीसा प्रात: तो तबाह ह
जल प्लाव से हो गया। २८-८-६० ई० की रात्रि से सूर्य प्लुट
की सिंह राशि में एक अंश पर अर्थात दोनों ग्रह सिंह के बार
हवे अंश में प्रारम्भ होकर २९-८-६० ई० में मध्यान में १२ ब
१२ अंश ४० कला के पास युति करते हैं। इस प्रकार अशु
प्लुटो (यम) ने सूर्य की दशा बहुत भयावह बना दी, सू
जिसका प्रभाव राज्याधिकारियों पर होता है। यहां यह अशु
घटना हुई कि जोर्डन राज्य के राज्य के अम्मान नगर
विशाल मंत्रालय भवन में बम विस्फोट से ऊपर के खंड प्रधा
मंत्री हज्जा मजाली तथा नीचे के खंड में पर राष्ट्र मंत्राल
के राज्याधिकारी गण मर गये। बारह से अधिक अधिका
गण मारे गये, सुन्दर भवन खंडहर बन गया यहां के रा
शाह हुसैन ने रक्षा का प्रबंध स्वतः सँभाल लिया। यह ब
प्रधानमंत्री के विरोधियों ने रक्खा था फल यह निकला

सूर्य का शुभाशुभ प्रभाव राज्याधिकारियों पर होता है स्व-ग्रही धन के गुरु मार्गी के सामने अशुभ बक्री शनि आ रहा है इससे जहां अशुभ घटनायें घटित हो रही हैं। अफ्रीका में कांगो कटांगा बिलजियम में साधारण युद्ध हो रहा है स्थिति को संभालने के लिये राष्ट्र संघिय सेना भी पहुंची हुई हैं वहां अन्नादि पदार्थों में महर्घता तथा बैंको पर भी विपत्ती आई हुई है २६ अगस्त में प्रातः १० बजे सौर गणित से राहु के नक्षत्र पूफा पर बुध ग्रह पहुंच कर बहुत अशुभ हो गया इससे भी अशुभ घटना तथा अन्नादि सब पदार्थों में महघता आई पंजाब में रोहतक में पश्चिमी नहर जमना का जल भर जाने से ऐसी घोर विपत्ती आई कि सेना द्वारा भी नगर को बचाने में कठिनाई हो रही है १-९-६० ई० में प्रातः बुध ग्रह जो कि राहु के पीछे अर्थात बुध के सामने राहु है दोनों एक नक्षत्र पूफा पर चल रहे हैं शनि से अंशात्मिक मित्र युति नवम पंचम की दृष्टि समाप्त होते ही बुध अशुभ रह गया ग्रहों की स्थिति प्रथम ही अशुभ हो रही है मलाया के राजा हिसामुद्दीन आलम शाह जिनकी अवस्था ६२ वर्ष थी का प्रातः देहान्त हो गया। ७-९-६० ई० प्रातः पूर्वी जर्मनी के राष्ट्रपति हर विल-हैम पीक की ८४ वष की आयु में मृत्यु हो गई यहां भी प्रथम ही से अशुभ ग्रह गमन कर रहे हैं सूर्य जो कि सिंह का स्वक्षेत्री होने से बहुत शुभ होता इसके मार्ग में सामने राहु एक ही नक्षत्र में बहुत ही अशुभ है इसी कारण राज्य कर्मचारियों की मृत्यु हो रही हैं। आज प्रातः मीन के चन्द्रमा का कन्या के शुक्र से प्रति योग है बुध व केतु भी एक दूसरे से सप्तम हैं धन में गुरु के सामने बक्री शनि आ रहा है यही कारण है जो यह अशुभ घटना हो

रही हैं ८-९-६० ई० में प्रातः बुध व गुरु की शत्रु अशुभ दृष्टि चतुर्थ दशम की अंशात्मिक हुई तथा सूर्य व राहु की भी यहां युति अंशात्मिक होकर राहु से सूर्य आगे होकर शुभ होने वाला था कि प्रातः ८। बजे प्रधान मंत्री जवाहर लाल के जामाता श्री फरोज गांधी जिनकी कि हृदय गति रुक जाने से मृत्यु हो गई इनकी आयु ४८ वर्ष थी इनका दाह संस्कार वेदोक्त रीति से किया यह पारसी जाति के थे परन्तु मृत्यु से प्रथम अपना दाह सस्कार वेदोक्त मन्त्रों से करने को कहा था इनके पुत्र ने सस्कार यमुना तट पर निगम बोध घाट पर किया। यह दुर्घटना राहु से सूर्य के अशुभ होने के कारण हुई इन्हीं ग्रहों के अशुभ होने से मलाया में भारत के उप वाणिज्य दूत वी. के. भास्कर का ४६ वर्ष की आयु में ७-९-६० ई० को देहान्त हो गया। अब यह पूर्ण रूप से सिद्ध हो गया कि सूर्य के अशुभ होने से राज्य से सम्बंध रखने वाले मनुष्यों पर सकट होता है इस समय के पश्चात सूर्य की दशा सुधर गई यह क्रम राज्याधिकारियों की मृत्यु का बंद हो गया १९-९-६० ई० में प्रधान मंत्री जवाहरलाल पाकिस्तान गये जिनका कि पाकिस्तान की प्रजा तथा राष्ट्रपति जनरल अयूब व राज्याधिकारियों ने भव्य स्वागत किया और दोनों देशों में नहरी पानी के समझोते पर हस्ताक्षर होकर यह विवाद समाप्त हो गया दोनों देशों में सुन्दर शान्ति तथा मित्रता का वायु मंडल बना यह सब इस कारण से हुआ कि आज प्रात ही से प्लुटो (यम) सिंह रास के पुर्वा फाल्गुनी नक्षत्र पर सिंह के मघा नक्षत्र पर चलते हुये हर्शल (वरुण) को त्याग कर पहुंचा आगे राहु पूफा पर है और सिंह रास का सम्बंध भारत की उत्तरी

सीमा पश्चिमी पाकिस्तान से है सिंह रास में भ्रमण करते हुये तीनों गृह इस परिवर्तन से बहुत ही शुभ तथा सुन्दर हो गये प्लुटो के हर्शल को त्यागने से हर्शल भी सुन्दर हो गया और प्लुटो को आगे शीघ्र-गामी ग्रह राहु मिला। इस तरह प्लुटो भी सुन्दर हो गया यहां यह निश्चय हो गया कि मन्द गति ग्रह से शीघ्र-गामी ग्रह आगे होने पर शुभ फल होता है सिंह रास का प्रभाव भारत की उत्तरी सीमा तथा पश्चिमी पाकिस्तान से है पाकिस्तान को यहां भारी लाभ हुआ।

(१६) सं २०१७ आश्विन ३ अक्तूबर सन् १९६० ई० अमरीका में निशस्त्रि करण तथा संसार में शान्ति बनाये रखने के लिये जो संयुक्त राष्ट्र संघ की सभा में भारत के प्रधान मंत्री का भाषण दोनों विषयों पर हुआ इसे सभी ने पसन्द किया और करतल ध्वनि बार-बार की, इसका कारण आज इन्द्र से शुक्र आगे तुला अपने घर में होकर शुक्र सुन्दर हो गया तुला रास का प्रभाव अमरीका पर है।

(१७) सं २०१८ भाद्रपद तदनुसार १८ सितम्बर सन् १९६१ ई० में शुक्र सिंह में पहुंचा आगे राहु है इस प्रकार शुक्र जन हानि की ओर हो गया कन्या राशि में सूर्य के आगे मंगल होकर सूर्य को अशुभ कर रहा है सूर्य का प्रभाव राजा तथा राजा समान अधिकारी पर होता है। कन्या राशि का प्रभाव दक्षिणी भारत तथा अफ्रीका में है इस कारण से राष्ट्र संघ के प्रधान मंत्री श्री हैमर शोल्ड के विमान को विस्फोट द्वारा उड़ा दिया जिससे इनकी मृत्यु हो गई।

(१८) सं. २०१९ कार्तिक तदनुसार २० अक्तूबर सन् १९६२ ई० में चीन ने हमारी उत्तरी सीमा लद्दाख इत्यादि प्रदेशों की सैनिक चौकियों पर भारी आक्रमण करके हमारे कई सहस्र सैनिक मार दिये और हमारी चौकियों पर कब्जा कर लिया। २०अक्तूबर सन् १९६२ ई०में कर्क का मंगल जो कि इसकी नीच राशि है मकर के शनि से अंशात्मिक प्रति योग कर रहा है। बहुत अशुभ योग है उत्तरी सीमा हमारी सिंह राशि के प्रभाव में है इस राशि में हर्शल प्लुटो अशुभ हैं अर्थात मंद गति प्लुटो आगे हर्शल शीघ्र-गामी से सप्तम कुम्भ राशि गुरु बक्री अशुभ हैं इसी कारण यह युद्ध छिड़ा भारत के प्रधान मंत्री का विश्वास था कि राष्ट्रीय सभा (यू. एन. ओ.) कहीं भी युद्ध नहीं होने देवेगी तथा भारत के राष्ट्र पिता गाँधी अहिंसा के अनुयाई थे गांधी का प्रभाव जवाहर लाल तथा देश के कर्ण धारों पर अत्यंत था। इसी लिये भारत जैसे विशाल देश की रक्षा हेतु सुक्षम सैनिक अर्थात कुल दो लाख साधारण शस्त्रों वाले थे इसी कारण भारत को नीचा देखना पड़ा इसकी भविष्य वाणी मैंने तीन वर्ष प्रथम समाचार पत्रों में छपवा दी थी जिनकी कापी मेरे पास सुरक्षित है।

(१९) सं. २०२८ बि० पौष कृष्ण प्रतिपदा १ तदनुसार ३ दिसम्बर सन् १९७१ ई० पश्चिमी पाकिस्तान के प्रधान याहिया खाँ ने हमारे देश पर विमानों द्वारा आक्रमण कर दिया। पूर्व में बांगला देश पर युद्ध छेड़ दिया यह इस कारण हुआ कि शनि बक्री बृष में अशुभ होकर गमन कर रहा था। सप्तम बृश्चिक

में गुरु सुन्दर है परन्तु सूर्य श्रेष्ट बृश्चिक में रहते हुये जो गुरु के पीछे ज्येष्टा नक्षत्र में जब गुरु जो कि ज्येष्टा ही में है पहुंचा और शनि से भी प्रति योग हो गया तो युद्ध छिड़ गया और १७ दिसम्बर तक घोर युद्ध हुआ इस १४ दिन की लड़ाई में हमारे ग्यारह सहस्र सैनिक तथा अफसर वीर गति को प्राप्त व घायल हुये १६ दिसम्बर सन् १९७१ ई० में बांगला देश में पाकिस्तान के जनरल कमांडिग नियाजी ने हमारे सैनिक कमाडिंग के सामने अपनी पूरी सेनाओं सहित शस्त्र विहीन होकर आत्म समर्पण कर दिया और १७ दिसम्बर सन् १९७१ ई० में जनरल याहिया खां ने युद्ध बदी की घोषणा कर दी ऐसा इसलिये हुआ कि १६ दिसम्बर सन् १९७१ ई० प्रातः ही से सूर्य गुरु से आगे होकर और शनि के सप्तम से मुक्त होकर सुन्दर शुक्र के पीछे धन राशि में पहुंच गया। सूर्य जिसकी दशा विक्रित हो गई थी, अब अतीव सुन्दर श्रेप्ट हो गया शनि गुरु सूर्य का प्रति योग राजाओं में युद्ध ही कराता है।

६-१०-७३ ई० में बुध मार्गी रूप से तुला राशि में था इससे सप्तम राशि मेष में मंगल है दोनों ग्रहों का मुकाबिला अंशात्मिक चौदहवें अंश में हुआ ६-१०-७३ ई० में हुआ यह विस्फोटक रूप का मुकाबिला था परन्तु शुक्र ३-१०-७३ ई० में अपनी अशुभ राशि बृश्चिक में पहुंचा जिसको आगे के मार्ग में इन्द्र मिला यह जन हानि करने वाला योग बन गया ६-१०-७३ ई० में शुक्र अनुराधा नक्षत्र में जिसमें कि इन्द्र आगे-आगे गमन कर रहा था पहुंचा बृश्चिक राशि की हालत बहुत

बिगड़ गई इस राशि का प्रभाव अरब मुसलिम देशों तथा मिश्र इसरायल देशों से है इसी कारण मुसलिम देश मिश्र इत्यादि ने इसरायल देश यहूदियों पर नभ जल थल से भारी आक्रमण कर दिया यह युद्ध भयानक रूप से २४-१०-७३ ई० तक चला इसके पश्चात राष्ट्रीय सभा ने युद्ध विराम करा दिया। क्योंकि मेष का बक्री मंगल अशुभ रूप से तुला के बुध से मुकाबिला करके तुला प्रभावित अमरीका को हानि पहुंचा रहा है। इसी लिये अमरीका का पैट्रोल तेल बंद करके मुसलिम देशों ने अमरीका को परेशान कर दिया।

ज्योतिष सम्बंधी खोज का सारांश सूक्षम रूप में

(१) मेरी ज्योतिष सम्बंधी खोज का सारांश यह है कि नैसर्गिक रूप से कोई ग्रह शुभ अथवा अशुभ नहीं होता बल्कि ग्रह की दशा पर शुभता तथा अशुभता निर्भर करती है जैसे गुरू ग्रह कुम्भ राशि पर मार्गी रूप से भ्रमण करता हुआ बक्री हो जावे तो यह अशुभ हो जावेगा कारण मार्गी रूप से कुम्भ राशि से निकलकर गुरू मीन राशि में पहुंचकर स्वक्षेत्री बलवान होता राजा के समान होता परन्तु बक्री होने से मकर राशि अपने नीच दिशा में गमन करने से गुरू की दशा बिगड़ गई अशुभ फल करने वाला बन गया शुभ ग्रह जन्म कुंडली में भी छटे आठवें बारहवें भी होकर शुभ फल करता है और संसार में श्रेष्ट फल करता है अशुभ ग्रह सर्वत्र दुख देता है अशुभ शुभ ग्रह देखो कोष्टक नं० २ ।

(२) प्रदेश कोष्टक नं० ३ के अनुसार राशियों में विभाजित हैं जिस राशि के प्रभाव में जो प्रदेश लिखा है इसी प्रदेश में ग्रह के शुभाशुभ का फल इसकी राशी अनुसार अधिक और दूसरे स्थानों पर कम होता है प्रदेश के नामानुसार कोई राशि प्रदेश की नहीं होती प्रदेशों के नाम समयानुसार बदलते रहते हैं ।

(३) एक राशी में ग्रह अधिक वा न्यून होने से ग्रहों की दशा श्रेष्टवा अशुभ होने पर फल निर्भर है संख्या पर नहीं जैसे सन् १९६२ ई० में ३ फरवरी को मकर राशि में आठ ग्रहों के एकत्र होने पर खोटा फल न होकर सुन्दर समय रहा यहाँ ग्रहों की दशा श्रेष्ट थी ।

(४) मंद गती ग्रह यदि शीघ्र गामी ग्रहों से आगे के मार्ग में होंगे तो खोटा फल महर्घना अनावृष्टि राज्यों में अशान्ति विषपोट युद्धादि करेंगे यदि मंद गति ग्रहों के आगे के मार्ग में शीघ्र-गामी ग्रह गमन करें तो विपरीत फल शान्ति वृष्टि आदि होंगे केवल शनी के पीछे बुध के होने पर गोधूमादि अन्न मदे और शनी के आगे बुध के होने पर तेज हों।

(५) ग्रहों का प्रतियोग बड़ा बलवान फल करने में है इसका मुकाबिला ग्रहों की कोई स्थिती नही कर सकती ग्रह खोटे होकर प्रतियोग करें तो भयानक फल युद्धादि महर्घता होगी गुरू की त्रिकोण दृष्टि नवम पंचम की खोटे फलों का हटा कर शुभ फल अवश्य करती है गुरू शनी के प्रतियोग में युद्ध मंगल से बुध के बिगड़ने पर भूचाल विषपोट होता है शुक्र के बिगड़ने से वायु जन हानी सूर्य को अशुभता से राजा पर संकट आता है गुरू शुक्र के प्रतियोग में महंगाई होती है अशात्मिक सम्बंध में समान अंश होने पर पूर्ण फल होता है।

-: समाप्त :-